I0749236

ԲԱՆԱՍՏԵՂԾՈՒԹՅՈՒՆՆԵՐ

ԱՎԵՏԻՔ ԻՍԱՀԱԿՅԱՆ

Բանաստեղծություններ

ISNB: 978-1-64439-754-1

***

Ամեն գիշեր իմ պարտեզում
Լալկան ուռին, հեզ ուռին
Վշտատոչոր լաց է լինում,
Լաց է լինում իմ ուռին:

Եվ սրրբում է առավոտու
Կույս արևը նազելի
Հուր ծամերով հեզ ուռենու
Արցունքները բյուրեղի…

***

Արևն իջավ սարի գըլխուն,
Դար ու դաշտում լույս չըկա.
Հավք ու թըռչուն մըտան խոր քուն, —
Ա՜խ, ինձ համար քուն չըկա:

Լուսնյակն ընկավ երթիկից ներս,
Կըշեռքն ելավ երկընքում,
Զով հովերն էլ մըթընշողես
Աստղերի հետ են զըրցում:

Սիրո՛ւն աստղե՜ր, անուշ հովե՜ր,
Ցարըս ո՞ւր է՝ էս գիշեր.
Պարզ երկընքի նըխշուն աչե՛ր,
Ցարիս տեսա՞ք էս գիշեր:

Լուսը բացվավ, դուռը բացվավ,
Ամպ ու զամպ է, — թոն կուզա.
Ալ ձին եկավ, անտեր եկավ,
Ա՜խ, յարս ո՞ւր է, տուն չի գա…

***

Անհուն եթերից, աստղի՛կ լուսափայլ,
Երբ դու տեսնում ես մեր ոչնչություն,
Երկրային կյանքի խավարն ու մըռայլ,
Անմեղ զոհերի հառաչն ու արյուն,—
Նըսեմանում է հայացքըդ փայլուն,
Ճնշում է և՛ քեզ թախիծ դառնագին,
Դու աղոթում ես և լուռ արտասվում.
—Օ՜, նախանձում եմ ես քո արցունքին:

***

Ա՜խ, ուռենի, վշտիս ընկե՛ր,
Գթոտ երկրի հառաչանք.
Սփռիր վերաս դողդոջ ստվեր
Անհույս սրտիս սփոփանք:

Անամպ երկի՛նք, սիրուն գիշե՜ր,
Լուսնի շողե՜ր ու աստղե՜ր.
Ես տխուր եմ, սփոփեցեք
Մռայլ սիրտս վշտաբեկ:

ԱՆՏՈՒՆ ԳԻՇԵՐՆԵՐ

Անտուն գիշերնե՜ր,
Անքուն գիշերնե՜ր,
Քուրի՛կ, քեզ համար,
Այրված քո սիրով,
Կարոտիդ հըրով,
Ես շա՛տ լացեցի,
Ես շա՛տ տանջվեցի —
Անտուն գիշերնե՜ր
Անքուն գիշերնե՜ր…

***

Ապրում եմ մենակ, մարդկանց մեջ օտար,
Նրանց աչքերը ինձ չեն ողջունում.
Մարդկանց սրտերը փակ են ինձ համար
Եվ նրանց հոգին ձայնըս չի լսում...

Իմ ընկերները – իմ խոր մըտքերն են,
Որ վեհ թևերով անհունն են պատում.
Այն վառ աստղերը – գըթոտ աչքերն են,
Որ վըշտիս ժամին ինձ քաղցր են ժպտում...

***

Անհուն երկնում աստղերն անշեջ,
Գիտե՛մ, շա՜տ են ինձ սիրում.
Վարդ – արշալույսն ամպերի մեջ
Ամենից շուտ ինձ է գըրկում.
Ե՛ս էլ, ե՛ս էլ ձեզ իմ սըրտում
Գըրկած, պատած պաշտում եմ.
Դուք իմ սերն եք, իմ ընկերն եք,
Ես ձեր երգող շողիկն եմ:
— Ա՜խ, մենք շա՜տ խորն ենք,
Շատ բա՜րձր ու պայծառ.
Եվ մեզ համար
Երբե՜ք, երբե՜ք մահ չըկա...

***

Ամպի մովը ընկավ ծովը՝
Շափաղ դիպավ քարափին.
Կըշընկշընկա սուսան – հովը.—
Ես նըստեր եմ ծովափին:

Վազեց մարալն դուման – սարեն,
Ծովում լողցավ ու արծավ,

Վազեց աղբերս թըշնամու դեմ`
Գիշերն անցավ, չըդարձավ:

Ջա՛ն, մարա՛լ ջան, ասա` էսօր
Աղբերս ո՛ւր ա, — չե՞ս տեսեր,
Նեղն է՞ ընկեր, հասնիմ էնոր,
Մեջքըս դեմ տամ քանց ժեռ – լեռ…

***

Անհա՛յտ, անորո՛շ, անձև՛ տենչերով
Ձգտում է հոգիս հեռու՛, շատ հեռու՛.
Տխուր ու մռայլ, ինչպես մշուշ – ծով,
Խուլ հեծեծում է ափերի վրա,
Եվ ինչպես երազ - և՛ կա, և՛ չկա…

***

Արտուտն` ուսին, վարդը` սրտին,
Գարունն եկավ, ջա՛ն գարուն,
Տուղտը` ծոցին, աստղը` ճակտին,
Գարունն եկավ, ջա՛ն գարուն…

Արտուտն անուշ երգում է սեր,
Սիրտըս լո՜ւռ է, քանց ձըմեռ,
Էս ի՞նչ կարմիր վառ արն՛ է,
Սիրտըս մո՜ւթն է, քանց գիշեր:

***

Աշնան պղտո՛ր, պղտո՛ր ամպեն
Արցունքի պես թոն կըգա.
Ա՜խ, ո՞ւր կերթա իմ սև ճամփեն,
Ա՛յ բախտ, մի՞թե վերջ չըկա:

Արդյոք վշտոտ, չոր գլուխըս
Ո՞րտեղ պիտի քուն մտնի.—
Սիրած, կարոտ սրտի՞ վրա,
Թե՞ դաշտի մեջ ամայի...

Ա՜խ, աչքերըս ո՞վ պիտ ծածկե,—
Անգին մա՞յրըս՝ համբույրով,
Թե՞ ձյունն ու հող՝ քամին ծածկե
Տատրակների վույ – վույով:

***

Ամպի փեշով մեկ հավք անցավ,
Անուշ կանչեց իմ յարին.—
Անուշ ձենով սիրտըս լըցվավ.
Յարըս անցավ, կուժն ուսին:

Էս աղբյուրը զըլզըլալով
Քարփեն ծո՛ւփ -ծո՛ւփ կըփըռվի
Ծով – ծամերըդ ալի՛ք - ալի՛ք
Մարմար կըրծքիդ կըփըռվի:

Ա՜խ, նազիկ ջան, եղնիկ – աղջիկ,
Նարին կուրծքըդ թող պագեմ.
Սերըս բոց է, սիրտըս խոց է,
Վառ – պաչերըդ դարման են,

Չէ՞ ո՛ր, յա՛ր ջան, դավրըդ կերթա,
Կուրծքըդ նըշխուն, շարմըղուն
Հող ու մոխիր պիտի դառնա,
Զուր ինչո՞ւ ես խընայում...

***

Ա՜խ, ալ – վարդի, սիրո վարդի
Չո՛ր փշերը մնացին...

Էն փշերը մատաղ սիրտըս
Քրքրեցին ու կերա՜ն.
Կարմիր – կանաչ իմ օրերըս
Միրո ազով սևացան…
Ա՜խ, ափսո՜ս իմ զարուն կյանքիս
Սո՜ւր փշերը մընացին…

***

Ա՜խ, իմ սիրտըս, վա՜խ, իմ սիրտըս
Օրուց – մանկուց հալավ – մաշավ…

Աշխարհ մտա, վարդ սիրեցի,
Անսեր վարդը սիրտըս ծակեց.
Մենակ ապրա, արուն լացի,
Աստղս էլ երկնում թառամեց…

— Ծո՛վ, սիրտըղ բա՛ց, — բա՛ց խորն ու լայն,
Շա՜տ դաղրած եմ, ծոցըդ կուզամ…

***

Ա՜խ, իմ ճամփես մոլոր զընաց,
Անտակ ծովին դեմ առա.
Վա՜խ, իմ սերըս անցա՜վ զընա՜ց,
Ետ կանչելու ճար չըկա:

Դումանն եկավ, ծովը ծածկեց,
Էն խաս հավքերն ի՞նչ եղան.
Դարդը եկավ, սիրտըս ծակեց.
Էն ալ – վարդերս ի՞նչ եղան:

Ա՜խ, խաս հավքերն ծովում խեղդվան,
Ագռավն վըրես կըղռռա,
Միրուս զառ – վառ վարդերն թոռման,
Բլբուլս անթև կըսըզգա…

***

Ա՜խ, մեր սիրտը լիքը դարդ, ցավ,
Օր ու արև չըտեսանք.
Վա՛խ, մեր կյանքը սևով անցավ,
Աշխարհից բան չիմացանք:

Հարուստ մարդիկ կուտեն – խմեն
Աշխարհի ճոխ սեղանից.
Մենք աշխարհի խորթ տըղերքն ենք,
Մեզ փայ չըկա աշխարհից,

Խեղճ աղքատի հոգին դուրս գա,
Քարից – հողից հաց քամե.
Բեռով հացը հարըստին տա, —
Հարուստն իշխե, վայելե:

Խեղճ աղքատը դառը դատի, —
Դատարկ նըստի ... Է՜յ աշխարհ,
Էլ ինչո՞ւ ես քարը թողնում
Քարի վըրա, քար - աշխա՛րհ:

Ա՜խ, մեր սիրտը լիքը դարդ, ցավ,
Օր ու արև չըտեսանք.
Վա՛խ մեր կյանքը սևով անցավ,
Աշխարհից բան չիմացանք:

***

Արևելքից մի հավք եկավ
Ոսկի հակինթ թևերով, —
Վառ արևի խորքից եկավ
Աշխարհով մեկ՝ ձայն տալով.

— «Ես եմ կյանքը. – կյանքն է երազ
Մեծ քնի մեջ աշխարհի.
Մարդն է ոգի, մարդն է դողանջ
Մեծ զանգի մեջ աշխարհի»:

Եվ իմաստուն հավքը ճախրեց,
Թռավ դեպի արևմուտք.
Եվ թևաթափ լուռ մխրճվեց
Մահվան ծովում՝ սև ու սուգ…

***

Այն վառ աստղերը, որ ջինջ երկնքից
Իմ սրտի խորքում բուրմունք են ծորում,
Լուռ ասում են ինձ.
— «Տես մեզ. – մենք անվերջ, անհուն երկնքում
Միշտ թափառում ենք.
Ի՞նչպես կարող է վեհ, վսեմ ոգին
Կապվի, շղթայվի
Իր ստրուկների և տերերի հետ.
Ե՛ղ և թափառի՛ ր, ո՛վ ազատ ոգի …»
— Այսպես են խոսում վառ աստղերն ինձ հետ …

***

Աղբյուրի մեջ մի մարալ
Շուքն է տեսել եղնիկին –
Ու ման կուգա միալար
Մուրիկ – մուրիկ եղնիկին:

Այն եղնիկն էլ երազին
Մարալի ձայնն է լսել.—
Ու ման կուգա մարալին
Մուրիկ – մուրիկ զօր – գիշեր…

***

Ա՜խ, ես սիրու ճամփի ափում
Մենակ բուսած վայրի վարդ եմ.

Անց ու դարձի փոշին ծփուն
Վերաս իջած, կորած վարդ եմ:

Սիրուններըը պարտեզների
Քնքուշ պահած վարդն են սիրում.
Ես հուր – վարդն եմ ժեռ սարերի՝
Սերս հասած արևներում:

Անց ու դարձող ինձ չի նայում,
Իսկ ես սիրու ծով – ծարավ եմ,
Ծարավ սիրտս փշեր բուսցուց,
Հիմա չար եմ ու նախանձ եմ…

***

Ա՜խ, անհուն սեր ես ունեի սրտիս մեջ,
Եվ վառ հավատ, ու բյուր հույսեր ունեի,
Բարձրաթռիչ, ինչպես արծիվ վեհափառ,
Կըսուրայի զառ թևերովս երկնի մեջ.

Ես ունեի չքնաղ ցնորք իմ հոգում,
Կըսիզայի մարդկանցից վե՜ր, երկրից վե՜ր.
Սավառնաթև, ինչպես արծիվ սևաթույր,
Շքեղ ցնորք ես ունեի իմ հոգում.

Բայց ցնորքս մնաց մենակ կյանքիս մեջ, —
Քանզի մարդիկ, որ դժմիտ են ու դաժան,
Խորտակեցին, հոշոտեցին իմ սիրտը
Եվ ցնորքը սսկ թողին ինձ կյանքի մեջ…

***

Այսօր ձեր տուն մեծ խնջույք կա,
Դու կըբուրես վարդի պես.
Չորս բոլորըդ հարուստ տղա,
Դու կըփայլես աստղի պես:

Ձեր տան առաջ՝ ձյուն ու գիշեր,
Ա՜խ, ես կանգնել կըդողամ.
Դու դահճի պես ա՛լ ես հագել,—
Ալըդ շողքն է իմ արյան…

ԱՐԱԶԻՆ

Մեր սարերեն, խո՛ր ձորերեն
Պըղտո՜ր – պըղտո՜ր կուգաս, Արա՛զ,
Մեր սրտերեն, խո՛ր աչքերեն
Արուն քամեր, կերթա՛ս, Արա՛զ…
Մեր սարերեն, մո՛ւթ ձորերեն
Ոլո՜ր – մոլո՜ր կերթաս, Արա՜զ,
Ա՜յ, սարե՜ր, ջան սարե՜ր,
Ալմաստի՛ սարեր…

Քանի՜ հարուր – հարուր տարի
Մեր սրտերեն ելեր, կերթաս.
Մեր դարդերով, մեր ցավերով
Խոլո՜ր – մոլո՜ր կերթաս, Արա՛զ.
Մեր սարերեն, մո՛ւթ ձորերեն
Մեր դարդերով կերթա՜ս, Արա՛զ,
Ա՜յ սարեր, Հայ – սարե՜ր,
Ջան անո՜ւշ սարեր…

Ու դարերով, մեր դարդերով
Էս աշխարհի քար – ապառաժ,
Անգութ խըղճին միշտ զարնելով՝
Տըխուր – տըրտում կերթաս, Ար՜ազ…
Մեր սարերեն, խոր ձորերեն
Արուն քամեր, կուգա՜ս, Արա՜զ.
Ա՜յ սարե՜ր, ջա՜ն ձորե՜ր,
Ջավահի՜ր սարե՜ր…

Ա՜խ, աշխարհը անխըղճմտանք
Քեզ չի գըթա, ազիզ – Արա՛զ,
Քու բողոքին, քու մրմռքին
Չի էլ լըսի, արնոտ Արա՛զ…

Մեր սարերեն, խոր սրտերեն
Տըխուր – տըրտում կերթա՜ս, Արա՜զ.
Ա՜յ սարե՜ր, Հայ ձորեր,
Զմրուխտի սարե՜ր.

Դուն էլ, Արա՛զ, մեր արունով
Էս աշխարհի խըղճի՛ վըրա
Դիզվի՛ր, դարձի՛ր սև - դառըն ծով, —
Թո՛ւյն ու արո՛ւն, ազիզ –Արազ…
Մեր սարերեն, մեր սըրտերեն
Արուն քամեր, կերթա՜ս, Արազ.
Ա՜յ սարեր, Հայ սարե՜ր,
Ջա՜ն, անուշ սարե՜ր,
Ալմաստի սարե՜ր…

***

Անտուն թռչնակս, իմ խեղճ, տխուր երգ,
Դու իզուր թռար իմ սիրող սրտեն.
Գլուխ դնելու մեկ տեղ դու երբեք,
Գիտեմ, չես գտնի, ինչքան թափառես:

Այս փուշ աշխարհում, քար – սրտերի մեջ,
Երգ ի՛մ, քեզ համար վայել վայր չըկա,
Դու՝ օտար թռչուն, ժեռ քարերի մեջ,
Դու՝ կյանք, դու՝ տանջանք – շուրջըդ անզգա…

***

Արազի ափին բոստանըս լինի,
Սալվի ուռ տընկեմ, վարդեր ու լալա.
Հով ուռենու տակ քողտիկս լինի,
Օջախիս միջին կրակ բոցկըլտա:

Ու սրտով սիրած Շուշանս լինի,
Օջախիս կողքին գուրգուրենք իրար.—

Արազի ափին բոստանս լինի,
Ծով – քրտինք թափեմ Շուշիկիս համար:

ԱՆԴԱՐՁ ԳՆԱՑԱԾ

Ամպերն են իջնում բարձր քերծերից,
Թռչնակըս ինչո՞ւ այսքան ուշացավ,
Դողում է սիրտս մռայլ կասկածից,
Ու մութը քանի գնաց , թանձրացավ:
Եվ ճեղքելով ամպ ու մշուշ՝
Անգղն եկավ՝ ճանկերն արյուն…

Ու մութը քանի գնաց, ծանրացավ,
Սիրտըս հուսաբեկ՝ լալիս է տխուր.
Իմ խողճ թռչնակս, արդյոք, ի՞նչ եղավ,
Վայում է քամին դաշտերում թափուր:
Եվ ճեղքելով մլարն ու մուժ՝
Անգղն եկավ՝ կտուցն արյուն…

***

Այս ջինջ գիշերիս անո՛ւշ կըխըշշան
Մարմանդ հովերով իմ սոսիները,
Ու երազներով սիրո հուշերըս
Զարդված սրտիս մեջ շարեշար զարթնան:

Անցա՛վ, չըքացա՛վ բույրը իմ սրտից,
Մարան երգերս՝ շքե՜ղ, մարգարտյա՛,
Ա՜խ, զարուն – սերըս է՛լ ետ չի դառնա,
Ինչքա՜ն հեռու են կյանք, աշխարհին ինձնից:
Սիրուն աղջըկա քրքիջը հիմա
Ծակում է սիրտըս անհուն տանջանքով.
Թռչնան վարդերըս զառ կոկոններով, —
Ա՜խ, զարուն – սերըս է՛լ ետ չի դառնա…

ԱԶԱՏՈՒԹՅԱՆ ԶԱՆԳ

Ազատության Զա՛նգ, դու վե՛հ ղողանջե՛
Կովկասյան վսե՛մ, վե՛ս բարձունքներից,
Ինչպես մըրրիկ՝ շաչե՛, շառաչե՛,
Մինչև սիգապանծ ազատն Մասիս:

Անհագ վըրեժի և ընբոստացման,
Ե՛վ բուռն ցասման բարբառը հնչե՛,
Ժողովուրդների անկա՛խ, ինքնիշխա՛ն՝
Դաշն ազատական խրոխտ ղողանջե՛:

Լեռներից խրճիթ, և ձորերից – ձոր,
Եվ սրտերից սիրտ ձայնդ թո՛ղ թռչի,
Եվ ընդվըզումի պատգամդ հզոր
Հավիտյան անլուռ երբեք թո՛ղ չհանգչի,

Ըմբոստ ոգինե՛ր, թն առե՛ք, հասե՛ք,
Եվ զանգահարենք ամո՛ւր, միահամո՛ւռ.
Զանգն ազատության զանգահարեցե՛ք
Կովկասի համար հանո՛ւր, ընդհանո՛ւր:

Եվ որոտա՛, Զան՜գ, և արթնացըրու
Դարավոր նիրհից Մասիսն ու Կազբեկ,
Թափ տո՛ւր թևերդ, արծի՛վ լեռներո՛ւ,
Քընած առյուծներ, բաշերդ թոթվե՛ք:

Եվ բավական է՝ անարգ լըծի տակ
Մենք ստրուկ մնանք՝ ձեռներըս շըղթա,
Կապանք փշրելու մեզ թո՛ւյն ու կըրակ,
Մեզ ուժ և կորով, վըրեժ որոտա՛.

Եվ մեզ ամենքիս մըռնչա՛, կոչե՛
Մահվան ու փառքի դաշտը պայքարի.
Սըրբազան ռազմի շեփորը գոչե՛
Ընդդեմ բռնության, ամբարիշտ Չարի:

Եվ ազատության նորոգ արևի
Ոսկի ներբողըդ, Զա՜նգ, զըվարթ հընչե՛.
Բյուր գագաթներից ազատ Կովկասի
Սուրբ եղբայրության տոնին մեզ կանչե՛:

***

Ա՛խ, սիրտս անմեր ու սիրտս անմեր
Որբուկի նման,
Զօր – գիշեր կուլա, քուն – դադար չունի.
Ու ինչպես մորը, հարազատ մո՞րը, —
Սիրուս կըկանչե,
Որ գիրկըն ընկնի, ծով – կարոտն առնի…

Մերս մեռեր է ու կանանչ մեռեր,
Է՛լ հետ չի դառնա, —
Իմ խե՛ղճ, իմ ո՛րբ սիրտ, ինչքա՞ն մորմոքիս,
Է՛լ քեզ գուրգուրող ու քեզ գուրգուրող
Ազիզ մեր չըկա,
Ու նանիկ ասող, ար անո՞ւշ քնիս…

Ա՞խ, առանց ծաղկի ու առանց վարդի
Իմ գարունն անցավ,
Ու խեղճ բլբուլս շա՞տ կանուխ լռեց.
Էն սե՞ւրուրը ու սե՞ ւրուրը
Չոր գլխովըս անցավ,
Բլբուլըս անհուն թևերը թափեց…

Է՞խ, իմ դարաքաշ ու իմ դարաքաշ
Չոր գլուխս առնեմ,
Գա՛մ թափառելու ափերդ, Արա՛զ.
Քարե – արցունքըս
Ջրերուդ խառնեմ,
Լա՛մ թափառելով ափերըդ, Արա՛զ…

***

Անտուն քամու պես փակ դուռըդ, գիտե՞ս,
Ես շատ եմ ծեծել ու դու չես բացել.
Սարերն եմ ընկել վշտից խելագար
Ժայռերին զարկվել ու շատ եմ լացել:

Սարերն են վկա, որ օրից մի օր
Վատ չեմ խոսացել, զանգատվել քեզնից.

Ավա՜ղ, լցրել եմ լացով սար ու ձոր,
Բայց չեմ գանգատվել, բամբասել քեզնից:

***

Ա՜խ, իմ սիրուս վառ զարունը թոշնեցավ,
Ջառ վարդերս կոկոններում մընացին.
Դալար սրտիս սուրբ արցունքը քարացավ
Ու ծանրացավ սրտիս վրա դառնագին:

Մեռի՛ր, զընա՛… առանց քեզ էլ կյանքը կա,
Ուրիշ վարդեր կըշողշողան զարունքին.
Ուրիշ շըրթներ գուցե վաղը կամ հիմա
Կըհամբուրեն քո սիրածին կաթոգին…

***

Արարչագործ աստղի առաջ
Վըշտոտ սիրտըս բացեցի.
Հավերժության աչքի առաջ
Անհույս ու խոր լացեցի. –

«Ո՜ւր ես վանում մեզ երկրի հետ,
Ի՞նչն է կյանքի նըպատակ.
Ի՞նչ ես կապել մեզ նյութի հետ,
Դարձրել մահին հըպատակ»…

Եվ մըռայլվեց աչքն արևի.
«Ո՛վ մարդ», դարձավ ինձ ասեց.
«Ես էլ քեզ պես մահվան գերի,
Խարխափում եմ մըթի մեջ.
Աշխարհներ են ծընվում, մեռնում
Շուրջըս անհա՛յտ, անհամա՛ր:
Ո՞վ է ստեղծում, ո՞վ է քանդում,
Ինչո՞ւ համար, ո՞ւմ համար. –
Հարցիս չըկա պատասխան.

Անթիվ դարե՞ր կուզա՛ն, կերթա՛ն,
Հարցիդ չի գա պատասխան»…

***

Անապատում, միրաժի մեջ մի բեդվին
Շողքն է տեսել մի աղջըկա գեղեցիկ,
Եվ փնտրում է հոգեսըլա՛ց, տենչագին
Ծով – կարոտով ա՛յն աղջկան գեղեցիկ:

Եվ ծարավուտ անապատում հըրավառ,
Տատասկներում, արևի տակ բոցափայլ
Փնտրում է նա՛ նրան անվե՛րջ, անդադա՛ր
Եվ մեռնում է վեհ սիրո մեջ հոգեզմայլ,

Եվ քընի մեջ – աննյութական, անվախճան,
Տեսնում է նա այնպե՞ս քնքո՛ւշ ու սիրուն
Շողքը չըքնաղ այն նազելի աղջկան
Եվ փնտրում է նրան հավերժ երազում…

***

Առավոտուն ծով ճաճանչում
Արտուտն ուրախ ճախրում է վեր,
Ցավ ու խավար չի ճանաչում՝
Երգում է լույս, երգում է սեր:

Իսկ իմ սիրտը տխուր ու սև՛,
Շուրջըս՝ ավեր ու ցավեր.
Եվ իմ վշտոտ գլխի վերև
Արտուտն ուրախ երգում է սեր…

* * *

Անհուն վրեժի և ատելության
Դըժոխքն է այրում թունոտ իմ հոգին.
Եվ ես չեմ բերում խոսքը հաշտության,
Որ ծանր է նստում զրկվածի ուսին:

Անհուն վրեժի և ատելության
Պատգամն եմ վառում ես ձեր սըրտերում.
Եվ ձեզ ասում եմ՝ ո՜վ դու ցնցոտի,
Դու՛, որ թշվառ ես, անտուն, անօթի,
Դու՛, որ քո ձեռքին կռել ես շղթա,
Դու՛, որ քրտինքդ՝ դառն ծովացած
Նզովք ես շինել, և լուծ քո վրա –
Ես քո ժանիքը սրում եմ հիմա,

Կանգնեցընում եմ բազուկդ ահա,
Ինչպես ոխակալ օձն անապատի,
Եվ քո քարացած բըռունցքում հիմա
Ես սուրն եմ դնում ահեղ ձըշմարտի:

Եվ քո սրտի մեջ վառում եմ ահա
Հուրն ազատության և իրավունքի.—
Կանգնեցընում եմ բազուկըդ ահա՛,
Ինչպես ոխակալ օձն անապատի...

* * *

Ագռավների զորշ թևերով
Աշունն եկավ միգաբեր
Ծաղիկ – սարե՞ր, երթաք բարով,
Դո՛ւք էլ, զանգակ – աղբյուրներ:

Ունայն քամին դուրս է ծեծում
Դալուկ ձեռքով կմախքի. –
— «Ե՛լ, դուող բաց, զուր ես հեծում.
Տերն է եկել աշխարքի:

Տերևներդ, կանգնի՛ր, թափ տամ,

Կյանքիդ աշունն է հիմի:
Երազներդ ցրվեմ, երթամ, —
Այս է ուղին ամենի…»:

***

Արծի՛վ սևաթույր, արծի՛վ լեռների,
Հանգիստ ու հըպարտ ճախրում ես բարձրում,
Ա՜խ, նայի՛ր՝ սիրտըս – շըղթայված, գերի
Մարդկանց օրենքով, ստրուկ աշխարհում:
Ազատ միտք ու խոսք, ազա՛տ երգ ու սեր
Ողջ բըռնաբարված ծաղրով անհամբույր.
Թևերը հոգուս – աստղոտ երազներ,
Թոշնած, խորտակված, արծի՛վ սևաթույր…
Խըրի՛ր ճիրաններդ, արծի՛վ լեռների,
Կրծքիս մեջ վշտոտ ու սիրտըս հանի՛ր
Թըռցըրու Մասիս – զահույքն աստղերի
Բարձըր և հեռու աշխարհից նանիր.
Եվ թաղիր սիրտըս – ըմբո՛ստ, վիրավո՛ր,
Լեռնազագաթին՝ խըրո՛խտ, ահռե լի.
Լեռնազագաթին՝ վսե՛մ ու հզո՛ր,
Արծի՛վ սևաթույր, արծի՛վ լեռների…

***

Ապրած իմ կյանքից
Մի սուրբ երազի
Բուրմունքը մնաց
Սրտումս անմոռաց –
Այն որ՝ ջերմ լացի
Առանց տանջանքի,
Խորունկ սիրեցի
Առանց տենչանքի…

***

Անմահ արևի վառ զգվանքի տակ
Փռված հոլանի՝ ծովն է շողշողում.
Լեռների գլխին բյուրեղյա պսակ,
Շուրջը ամպերի երամն է լողում:

Ու կռունկների քարավանը նորից
Անուշ կարկաչով գարունն է բերում.
Ջերմ շունչն է ելնում տա՞ք, փխրուն հողից,
Ժայռի ծերպերից մեխակն է բուրում:

Եվ ղողանջում է անտառը դալար,
Քաղցր դայլայլում թփից մի թռչուն.–
Միրտս ցնծում է, հազար ու հազար
Երգով ու շողքով գարնան դեմ թռչում:

Թռչում եմ արագ թեթև հովի հետ,
Հզոր կաղնու մեջ աճում եմ հպարտ.
Ծաղկի, եղնիկի, թիթեռնիկի հետ
Ծաղկում եմ, շնչում, ոստոստում ազատ:

Ծովն է սրտիս մեջ ծփում երազով,
Զգում եմ ես ինձ առվի, ժայռի հետ.
Տիեզերքը մեծ՝ լցվում է ինձնով,
Մեկ եմ զգում ինձ երկրի, երկնի հետ:

Անհուն հիացքով սիրտըս է զարկում,
Խորին ցնծությամբ ողջունում եմ ես
Եվ օրհներգում եմ և զրկախառնվում
Մեծ և անսահման բնության հավերժ...

***

Անհայտ ծովերի լաջվարթ ափերում
Լուսեղեն մի բախտ միշտ կանչում է ինձ.–
Ես դեգերեցի մոտիկն ու հեռուն,
Չըգտա նրան, որ կանչում է ինձ:

Բայց հոգիս չունի ոչ մի հանգրվան,
Նորից թռվում է ինձ ոսկե հեռուն, —
Զմրուխտ երազնե՛ր, — անհաս հավիտյան,
Զմրուխտ հեքիաթնե՛ր, ձեզ չեմ հավատում...

Եվ հոգիս հոգնած նիրհում է հիմա,
Մի՛ արթնացրու, երազում է նա...

***

Անգիր, և՛ անհայտ, և՛ անհիշատակ՝
Ամայի դաշտում մի գերեզման կա. –
Ո՞վ է հող դառնում այդ լուռ քարի տակ,
Ո՞վ է լաց եղել այդ քարի վրա,

Համբր քայլերով դարեր են անցնում,
Արտույտն երգում է իր զովքը գարնան,
Շուրջը ոսկեղեն արտերն են ծփում, —
Ո՞վ է երազել և սիրել նրան...

***

Ամեն գարունքին՝
Արագիլն ուրախ կիջներ մեր ծառին.
Մանուկ ականջիս բարձրը կըկանչեր, —
«Դուրս արի խաղանք, ծաղիկ եմ բերել»:

Ամեն գարունքին՝
Արագիլն ուրախ կիջներ մեր ծառին.
Պատանի սրտիս բարձրը կըկանչեր, —
«Դուրս արի՝ թռչինք, երազ եմ բերել»:

Ամեն գարունքին՝
Արագիլն ուրախ կիջներ մեր ծառին.
Ու նորեն կերթա, ու նորեն կուգա,
Բայց, ա՜խ, ինձ համար էլ երազ չկա...

***

Աշո՛ւն է, քամի…
Տերևներն մի-մի,
Արցունքի նման
Դողացին, ընկան…

Փչում է, ասես,
Ունայնության պես,
Քամին ամեհի
Ճամփում ամայի:

Ամքել է հոգիս
Մռայլ գիշերիս, —
Չգիտեմ մահից,
Թե՞ կյանքի ահից…

Եվ դեղին փոշին
Ելնում է իմ հին
Ապրած օրերից,
Եվ ծածկում է ինձ…

***

Ամեն գարունքին վառ ծաղկունանաց հետ
Նա սպասում էր իր կտրիճ որդուն.
Ծաղկունքն են թոշնում վառ գարունքի հետ,
Նա սպասում է նորից իր որդուն:

Ա՜խ, ո՞ր քարի տակ, ո՞վ գիտե, ո՞րտեղ,
Ննջում է հիմա նըրա սիրելին.
Ծաղկունքը անուշ, ծաղկունքը շքեղ –
Բուրում են, թոշնում անհայտ շիրիմին:

***

Առավոտ պահին
Դալար դաշտերում
Իմ մանկան հետ
Պտույտ եմ անում:

Ծաղիկների հետ
Խոսում է տղաս,
Որոնց հետ ե՛ս էլ
Զրույց եմ արած:

Վայրկյանը՝ ծանր,
Օրերը՝ թեթև,
Տարիներն անցան
Իրարու ետև:
Ու աշխարհն աչքիս
Դառնում է երազ.
Երեկ ես էի,
Այսօր՝ երեխաս:

Եվ վաղը, ասես,
Մի աչք մթագնած
Լուռ գերեզմանից
Հառել է վրաս…

***

Ամեն անգամ, երբ նայում եմ
երեխայիս խաղերին,
Թե ինչ սիրով փարվել է նա
քարին, ջրին ու հողին, —

Խոսք եմ խոսում իմ սրտի հետ.
— Է՜յ իմաստուն մանկություն,
Ունայն բան է խելքը մարդու
և գործերը մեծանուն:
Դատարկ ձայնէ քաջի համբավ,

զանձ ու պատիվ հանապազ,
Դո՛ւ ես ոսկին, ո՞վ մանկություն,
դո՛ւ խսկական լույս – երազ:
Ա՜խ, երնեկ թե մանկությունըս
հանկարծ դառնար զար նորեն,
Գլխիս վառվեր մանկութ օրվա
արեգակըս ոսկեղեն:
Անուշ մորըս ոտների տակ
թովռայի, խաղայի,
Փառք ու հանձար չարժեն խաղին
մի ծաղկաբույր տղայի:
Իմ սո՛ւրբ մանկիկ, թո՛ղ համբուրեմ
թաթիկներդ ցեխոտած,
Դու՝ կյանք ու սե՛ր, ծափ ու ծիծա՛ղ,
ուրախության դո՛ւ աստված…

***

Ա՜խ, ասացին ինձ, թե մեռել ես դու,
Մեռել ես վաղուց, մայրի՛կ, իմ հոգիս…
Մեռել ես, չկաս… Ծածկել է հավետ
Անհուն խավարը դեմքըդ թախծանուշ.
Ու հող ես դառնում… Ավա՜ղ, այսուհետ
Քեզ չեմ տեսնելու, մայրի՛կ իմ քնքուշ…

Սակայն հանապազ, ինձ հետ անբաժան՝
Մի անհայտ տեղից, ինձ այնպես մոտիկ,
Գիշեր ու ցերեկ, ու ամեն մի ժամ,
Ամեն մի վայրկյան անծայր կարոտով,
Աչերդ լեցուն սիրով ու գթով՝
Անթարթ, անքթիթ հառել ես վրաս,
Սրտով,սրտակից,
Մի՛շտ նայում ես ինձ, մի՞շտ նայում ես ինձ,
Մայրի՛կ, իմ հոգիս…

***

Ահա նորեն գարուն եկավ.
Օ՜, կտրեցե՛ք, օ՜, կտրեցե՛ք
Լեզուները թռչունների,
Որ չհանդգնեն երգել անհոգ
Երգերն իրենց տարփանքների՝
Մեր մորթված մանուկների
Ցրիվ եղած նշխարների
Փոշու վրա, որոնց պիտի
Ծածկեն անգութ ծաղիկները՝
Լի՜րբ, անզգա…

ԱՌԱՋԻՆ ԱՐՑՈՒՆՔՆԵՐԸ

Գարնան արևը անհուն համբույրով
Դուրս կոչեց կյանքի ծլին ու ծաղկին,
Եվ մանուշակը կապույտ աչերով
Անմեղ, միամիտ ժպտաց ամենքին:

Եկավ զեփյուռը շշնջաց նրա
Կույս ականջներին և սահեց գնաց,
Եկավ թիթեռը, թռվռաց նրա
Նազելի գլկում և թռավ գնա՜ց,

Եվ մանուշակը նրանց ետևից
Մնաց նայելով… խաբող ցնորքներ.
Եվ ընկան նրա աչքերից անբիծ
Առաջին սիրո մաքուր արցունքներ:

***

Այցի եմ գալիս քեզ մոտ ես հաճախ,
Նստում եմ դեմըդ՝ հանգիստ ու խաղաղ.
Զրույց ենք անում երկա՜ր միասին,
Հազար նյութերի, հարցերի մասին:

Եվ սիրո մասին խոսում եք նույնպես,
Բայց խիստ անտարբեր ձևանում եմ ես,
Վրադ չեմ նայում, չեմ լսում ստեպ,
Որպես թե անհույզ, սառն եմ քո հանդեպ:

Բայց հալվում եմ ես սիրուց բոցակեզ.
Ուզում եմ գրկել ու համբուրել քեզ.
Հազիվ զսպում եմ մըրրիկը սրտիս,
Ա՜խ, սակայն հոգիս բերանս է գալիս…

***

Աշնան ծաղիկնե՜ր,
Դալու՛կ ու տխու՛ր,
Դողդողում եք հեզ
Դաշտերում թափուր:

Ձեր աչքերի մեջ
Արցունք կա տրտում,
Ուշացած երազ
Ձեր քնքուշ սրտում:

Շուտով կըշաչե
Հողմը բքաբեր,
Կըթոշնիք չապրած,
Աշնան ծաղիկնե՜ր…

***

Ասում են, թե՝ դու այնպես
Մոռացել ես ինձ այնպես,
Որ երբ անունս են տալիս,
Հազիվ միտքդ եմ գալիս:

Բայց, նազելի՛ս, ձեր բակում
Այն լորին է դեռ ծաղկում,

Որի քնքուշ բույրի մեջ
Քեզ զրկեցի սիրատենչ:

Ու զրկիս մեջ այսօր դեռ
Կիզող կրակ է վառվել,
Իսկ երբ անունդ են տալիս,
Սիրտս արյուն է լալիս:

Ա՜խ, իրա՞վ է՝ դու այնպես
Մոռացել ես ինձ այնպես,
Որ երբ անունս են տալիս,
Հազիվ միտքդ եմ գալիս…

ԱՆԻ

Այստեղ երկնել են նախնիները իմ,
Դարձել է այստեղ նյութը գաղափար,
Հագել է այստեղ երազը մարմին,
Չքնաղ երազը, որ չունի կոպար:

Անի՛, դու չես լոկ հողեղեն մի զանձ,
Դու՛, ինքդ ես ոգին – մի ողջ ժողովուրդ,
Ամեն ձև այստեղ ոճ է գերազանց,
Ամեն ինչ այստեղ – իմաստ ու խորհուրդ:

Ես հոգուս աչքով՝ անցած ու ներկա
Վիճակդ եմ տեսնում՝ հենված մի սյունի,
Որ մարտնչելով դարեր ոտքնկա,
Մեռնում է կանգնած, եթե մահ ունի:

Սաղավարտակիր, ձեռքիս տեգ ու նետ,
Կանգնել եմ բարձր բուրգիդ կատարին,
Ռատանիկներիդ, ռազմիկներիդ հետ
Լսում ենք վառված սեգ զորավարին:

Տափաստաններից, խուժանը վայրագ
Հորդել է, եկել – հեղեղ զայրագին,
Ուզում է, Անի՛, ընկձել լուծի տակ
Քո ստեղծագործ, թևավոր ոգին:

Խաժամուժ, խուժան՝ անծայր, անքանակ,
Դարեր խուժում են – խժդուժ, խոլարշավ,
Ճռչում խժաձայն, դնում են բանակ
Քո ցորենաշատ դաշտերում անբավ:

Եվ որոտում է շեփորը ռազմի,
Կռվում ենք մտած արյուն ու քրտինք,
Դարեր կռվում ենք ատամ ատամի,
Մեռնում ենք կանգնած, եթե մահ ունինք...

Քո հին թշնամին, Անի՛, չե՞ս տեսնում,
Խուժել է նորից քո դաշտերի մեջ,
Բայց վառվում է դեռ մեր ակութներում
Հինավուրց ուխտի կրակը անշեջ:

Դու՛, հին դրոշակ, դու՛, բազին փառքի,
Հենվել եմ նորից քո անմահ սյունին.
Եվ սպասում եմ, և դարեր ոտքի
Քո իրավաբեր շեփորիդ ձայնին...

***

Աչերդ՝ սև -հուր,
Հոգիս են կիզում,
Մազերդ՝ սև -սուր,
Սիրտս են թրատում:

Վիշտս է ծփում
Սիրուս պես վարար,
Քո ուղին ծածկում՝
Դավաճան ու չար, —

Ուղիղ արյունոտ,
Որ տանում է քեզ
Ուրիշների մոտ,
Ուրիշների մոտ...

***

Արևի տակ սոսկ մի օր է լինելու,
Որ ինձ համար բախտավոր է լինելու,
Բայց այդ օրը զգալու չեմ ես, ավա՜ղ,
Որովհետև մեռած օրս է լինելու:

***

Ա՜խ, երանի չըծնվեի,
Չըլսեի
Հովիվների երգերը ջինջ
Եվ մայրական խոսքերը սուրբ:
Չըտեսնեի
Չքնաղ դեմքը իմ տիրուհու
Եվ աշխարհքը հրաշագեղ:
Ա՜խ, երանի չըծնվեի,
Չըլսեի, չըտեսնեի –
Չըմեռնեի…

***

Ա՜խ, մի անգամ ոսկետերև աշունքին
Անցնում էի ծայրամասով քաղաքի,
տեսա երեք դասաբներ՝
Խիճուտ ափին քաղցրամրմունջ գետակի,
Մորթում էին քանի չափ գառնուկներ:
Երկու գառի գլուխն արդեն կտրած էր,
Իր արյան մեջ թփրտում էր մեկը դեռ,
Իսկ դասաբը ծխամորճը շրթունքին,
Չորրորդ գառին՝ ավիողորմ լացի մեջ՝
Գետնին սեղմել՝ սպանում էր եռանդով.
Մյուս գառները զարհուրանքից կարկամած՝
Նայում էին խոր ու անթարթ աչքերով
Մորթվող եղբորն ու դասաբի դանակին,
Եվ ողջ մարմնով դողում էին, սրսփում.

Բայց մանավանդ տոտիկները նրանց նուրբ
Դողո՜ւմ էին, դողո՜ւմ էին սաստկագին…

***

Ամառվա կապույտ, անդորր գիշերին,
Ժայռի կատարին նստել եմ մենակ՝
Հայացքըս հառած նիրհ մտած ծովին:

Լո՜ւռ է ամեն ինչ և ամենուրեք.
Ժամանակն՝ անշարժ, և ողջ տիեզերք
Լցված խորազգաց, խորին լռությամբ:

Պա՛հ երանավետ և նվիրական,
Անհուն լռություն տիեզերական:

Ե՛ս տեսնում եմ ինձ, ե՛ս լսում եմ ինձ
Ե՛ս զգում եմ ինձ, ճանաչում եմ ինձ:

***

Ամեն ինչ ունայն, երազ անցավոր,
Աստղ էլ որ լինիս՝ պիտ, հանգչիս մի օր:
Ոչինչ է մարդը՝ փոշի փոշու մեջ,
Իր ցավը, սակայն, տիեզերքից մեծ:

ԱՎԻԿԻՆ

Կյանքիդ ուղին լինի պայծառ,
Ամեն քայլդ՝ ազնիվ, արդար:
Լինես խոհուն, լինես գիտուն,
Եվ ունենաս սիրտ զգայուն:
Լինես բարի և անքասիր,
Ընկերներիդ սրտով սիրես,

Երբ քեզ տեսնեն՝ ուրախանան:
Միշտ օգնելու լինես պատրաստ
Տանջվող մարդուն և ընկերին:
Անդավաճան, անհուն սիրով
Հայրենիքիդ լինես պաշտպան.
Եթե նրա սիրո համար
Մի սխրալի գործ կատարես—
Չհոխորտաս, լինես խոնարհ,
Եվ իր պարտքը ճիշտ կատարած
Մարդու նման՝ խիղճդ անդորր,
Ապրես ուրախ ու բախտավոր:
Եվ մեն – մենակ, տարին մի օր
Այցի ելնես մամռոտ շիրմիս,
Կանգնես լռիկ, խորհես մի պահ,
Իմ կաթոգին սիրած տղա:

***

Ա˜խ, ինչքա˜ն, ինչքա˜ն կուզեի լինել
Զինվոր հասարակ.
Հայության բոլոր ոսոխների դեմ կռվեի անդուլ
Անիի հզոր պարիսպների տակ:
Եվ հուր վրեժով
Զարկեի դարե՛ր, զարկեի դարե՛ր,
Եվ բյուր վերքերով
Ընկնեի վսեմ պարիսպների տակ.
Սիրտս խաղաղվեր, հանգչեի հավերժ
Անիի անմահ պարիսպների տակ…

***

Բալես ունի հնդու – մաթա,
Ոսկի օրոցք, ատլաս ծածկոցք,
Պուպո՛ւշ դարդար, նրխշուն բալա,
Պաճիկ կենես… օր - օր, լա, լա,
Նանիկ կենես, նանի՛, դա՛ր – դա՛ր.
Աչքդ ու ունքըդ - աստղ ու կամար:

Ցորեկ եղավ, ոչխարն եկավ,
Ազիզ բալես քընած մընաց.
Վեր էլ, բալա, անուշ ճըղա,
Տիտիկ արա, ծիծիկ մամա՛,
Պիծիկ – միծիկ տոտիկ արա՛
Հո՛ պպա, բալիկ, քունդ անուշ.
Շաքար ու նո՛ւշ, թուշդ անուշ:

ԲԻՆԳՅՈՒԼ

Շընկշընկալով հովն է փչում
Զով Բինգյոլի լանջերից.
Գոչգոչալով ուղխն է վազում
Խոր Բինգյոլի ձորերից:

Հորոտ – Մորոտն ծաղկանց ծովում
Բուրում է բույր ու երգեր.
Շուխիկ – հուրին լըճի ծոցում
Լողանում է անընկեր:

Հրեշտակը երկրի կյանքից
Դյութված, ապշած լիուլի,
Վայր է ընկնում աստղոտ երկնից –
Ընկնում գիրկը Բինգյոլի:

Փերուզ – երկինքն հըրեշտակին
Կարեկցում է, ցավակցում. –
— «Ա՜խ, ափսո՜ս քո անմահ կյանքին,
Որ չըփայլեց դրախտում…»

Բյուրեղ լըճից ցողն է ելնում
Ծիածանի ժըպիտով.
Ծաղիկների ջինջ բողբոջում
Հանգ է առնում շողալով:

Զմրուխտ – երկիրն հրեշտակին
Ողջունում է, փաղաքշում.
— «Ա՜խ, երնե՜կ քո մատաղ կյանքին,
Որ պիտ ծաղկի Բինգյոլում»:

Վառ անուրջում ուղին է մնչում,
Ծփում են սեզ ու արոտ,
Բլբուլների հույլքն է շնչում,
Շնչում է սեր ու կարոտ:

Անո՜ւշ – անո՜ւշ հովն է փչում
Զով Բինգյոլի լանջերից,
Ոլոր – մոլոր ուղին է փախչում
Խոր Բինգյոլի ձորերից…

* * *

Բանդըս բացե՛ք, ազատ թըռնեմ,
Ազա՛տ գոնե մեն – մի օր.
Մութ ժեռերի մարալի հետ
Ընկնիմ մենակ սար ու ձոր:

Վառ արևի շթղքը բալզամ
Անհագ խմեմ ու ծըծեմ.
Անո՛ւշ երգով սիրտըս բանամ
Լալ ու լազուր երկնի դեմ:

Զառ ու զարբաբ ծաղկանց միջով
Լուռ ծըմակի խորքն ընկնիմ.
Ա՜խ, աղբո՛ւր ջան, քու նանիկով
Գըրկեմ վարդերն ու մեռնիմ…

* * *

Բանդիս վըրա, սըրտիս վըրա
Արծիվն երեք փաթ տըվավ,
Թափ – ծափ տալով թևերն հըսկա,
Կանչեց բարձըր ու թըռավ:

— Հե՜յ, Արազը՝ ծըփանք տալով,
Արտուտների հետ կուգա.

Ալագյազը ծաղկունքներով,
Զառ ու զըմրուխտ, ալվալա:

Երթամ, զարնեմ կուրծքս Արագին,
Անուշ ու զով ջուր խըմեմ,
Ալագյազի թիքին նըստիմ,
Ազա՜տ, հըպա՜րտ երգս ասեմ…

***

Բարև կուտամ, չես առնի,
Ոտքիդ կոխած հողն եմ, յար.
Սիրտըս անխիղճ մի՛ ճմլի,
Չե՞ որ միջին դուն ես, յար:

Քանց սարյակի թևը սև
Իմ աչքերը շա՛տ են սև,
Աչքն էլ սրտի հայելին է,
Չէ՞ որ սիրտս էլ շատ է սև՜:

***

Բաղերը վայրի թռան շվարած. –
Ո՞վ է արշավում մռայլ գիշերով.
Մըրըկի նման նժույգին նստած –
Ես եմ սլանում նիրհած դաշտերով:

Թռնիմ խոր երկինք, դեպ աստղերն անշեջ
Եվ սիրտս բանամ անհունության դեմ.
Ես սուզվել կուզեմ գոռ ամպերի մեջ
Եվ կայծակներով զարկըրվել կուզեմ:
Գըծո՛ւծ ու նանիր մարդկանցից հեռո՜ւ,
Վախկո՛տ, նենգամի՛տ, կեղծ ու դավաճան,
Ստոր ու ստրուկ աշխարհից հեռո՜ւ,
Նյութին միշտ գերի, ազա՛հ ստության,
Աշխարհը չարժե քո արտասուքին,

Եվ կինն ու ընկեր՝ զգվանքիդ այդ ծով, —
Անապատ գնա՛ – սիրի՛ր վագրերին,
Եվ այրվիր անմահ արևի սիրով…

***

Բաշերն ալեծո՛ւփ, բաշերն հողմակո՛ծ
Ազատ դաշտերով նժույգս է թըռչում,
Եվ սմբակներից բըխում է հո՛ւր – բո՛ց
Դաշտերն են թնդում, վախ առած փախչում:

Ազատամարտի հրդեհից կըզգամ,
Ուր կուրծքն ում ճեղքել թշնամու դժխեմ.
Դրոշն է ձեռքիս վեհ ազատության.
Եվ հաղթանակի երգերով վսեմ:

Արյուն է ծորում սրես ոխերիս.
Դրոշն է ծըփում ոսկե ամպերում –
Չար բռունցքի տակ հեծող աշխարհքին
Նոր գարունների համբավն եմ բերում:

Նժույգս է թռչում բաշերն հողմակոծ,
Եվ շառաչում են սանձ ու ասպանդակ,
Զրահս է շաչո՛ւմ, բխո՛ւմ հուր ու բոց,
Զի՜լ շառաչում են սանձ ու ասպանդակ:

Այս շղթաներն են շառաչում ոտքիս,
Օ՜, թռի՛ր, նժույգ, այս քարե պարկից,
Այս մըռայլ բանդի կամարն է կըրծքիս,
Մի՛ կանգնիր, նժույգս, ալացի՛ր արագ…

***

Բախտը ինձնից թըռավ, գնաց
Վերջալույսի շողերի պես.
Հույսը միայն մոտըս մնաց,
Մոտըս մնաց անուշ մոր պես:

Եկեք, փռվեք դաշտ ու հովիտ,
Արշալույսի վառ ճաճանչներ
Հարցնեմ՝ ասեք – ո՞ւր են չքվան
Մեր ընկերներ ու ճանանչներ,

Ո՞ւր գնացիք, օրեր շքեղ,
Սեր ու խնդում, երգ ու երազ.
Արդ մահն է իր նետերն ահեղ
Ամեն կողմից լարել վերաս:

Ո՞ւր գնացիք աշնան քամու
Բերանն ընկած տերևի պես.
Մի՞թե նորից չեք դառնալու
Գարնան զվարթ ջրերի պես:

ԲԻՆԳՅՈԼ

Երբ բաց եղան գարնան կանաչ դռները,
Քնար դառան աղբյուրները Բինգյոլի.
Շարվե շարան անցան զուգված ուղտերը,
Ցարս էլ գնաց յայլաները Բինգյոլի:

Անգին յարիս լույս երեսին կարոտ եմ,
Նազուկ մեջքին, ծով – ծամերին կարոտ եմ.
Քաղցր լեզվին, անուշ հոտին կարոտ եմ,
Սև աչքերով էն եղնիկին Բինգյոլի:

Պա՜ղ – պա՜ղ ջրեր, պապակ շուրթըս չի բացվի.
Ծուփ – ծուփ ծաղկունք, լացող աչքս չի բացվի.
Դեռ չտեսած յարիս,— սիրտըս չի բացվի,
Ինձ ի՜նչ, ավա՜ղ, բլբուլները Բինգյոլի:

Մոլորվել եմ, ճամփաներին ծանոթ չեմ,
Բյուր լճերին, գետ ու քարին ծանոթ չեմ.
Ես պանդուխտ եմ, էս տեղերին ծանոթ չեմ,
Քույրիկ, ասա, ո րն է ճամփան Բինգյոլի:

***

Գիտե՛մ, երկիրը շա՜տ դարեր հետո
Եվ պիտի սառի, ճողք – ճեղք պատառվի.
Եվ այն սառցի տակ, մութ վիհերի մեջ
Մարդկությունը ողջ՝ մեռնի ու թաղվի –
Ա՜խ, սիրտը գո՛նե տիեզերքի մեջ
Հավերժ տըրոփե՞ր…

***

— Գիտե՛մ, խաչըդ ծա՛նր է, հսկա.
Ո՛վ մարդ, ընկեր, եղբայր ի՛մ,
Քեզ մո՛տ, քեզ մո՛տ կուզամ ահա՛.
Կրծքիս սեղմեմ, արտասվիմ:
Ես էլ քեզ պես օր ու գիշեր,
Անհուն, անհույս տանջվել եմ.
Տո՛ւր ձեռքդ ինձ, անգին ընկե՛ր,
— Հառա՜ջ… հասավ ժամն արդեն…
— Հառա՛ջ գնա՛, հպարտ տոկա՛, —
Խաչըդ խարիսխ կդառնա…

***

Գետակի վրա
Թեքվել ուռին.
Ու նայում է լուռ
Վազող ջրերին: —

…Երազ – աշխարհում
Ամեն բան հավետ
Գալիս է, գնում
Ու ցնդում անհետ:

Եվ գլուխը կախ՝
Նա լաց է լինում.—

Ջրերը ուրախ՝
Գալիս են, գնում…

***

Գերեզմանըս անհայտ լինի,
Վրաս քամին շառաչե.
Վրաս խա՛չ, քա՛ր թող չըլինի,
Մենակ ուռին հառաչե:

Ա՜խ, աշխարհում մարդկանց ձեռնն
Խաչեր շա՜տ եմ, շատ տարել.
Ու վաղո՜ւց էլ սրտիս վրեն
Կան շա՜տ ծանըր, սև քարեր…

***

Գիշեր է, քամի.
Բաց լուսամուտես
Փոշի կըմաղվի
Մութ սենեկիս մեջ…

Հիվանդ ու մենակ
Պառկած եմ մահճում,
Բարձս գլխիս տակ –
Կրակ վառվռուն:

Դուրսը, չգիտեմ,
Անձրև՞ է գալիս,
Թե՞ գլխիս վերև
Խեղճ մայրս է լալիս…

Ու դողդոջ մի ձեռք,
Ինձ կըթվա թե
Դալուկ երեսիս
Հող կոթափթփե…

***

Գիշերն եկավ, աստղերն ելան,
Լուսնյակն անուշ ցոլցըլաց,
Ծաղկունքն ամեն նո՛ր քուն մտան
Ամպի ցողով, լուսնի շողով
Հարիանդ – մարմանդ քուն մտան:

Դուք է՛լ քնեք, ոսկի աստղեր,
Վարդ ու բլբո՛ւլ, քուն եղե՛ք,
Օրոր – ծովե՜ր, շորոր – հովե՜ր,
Անո՛շ – անո՛շ քուն եղե՛ք:
—Իմ սար – դարդե՜ր, իմ ծով – ցավե՜ր,
Դուք էլ մո՛ւշ – մո՛ւշ քուն եղե՛ք:

***

Գիշերն եկավ, զով – հովն ընկավ,
Աստղունքն լուսնին ձայն տվին.
Լուսնյակն ելավ, մով – ծովն ընկավ,
Հավքերն ինձի ձայն տվին:

Ես վեր ելա ոգի առած՝
Ջարկի սրտիս լարերին.
Սիրտս խնդաց, կուրծքս թնդաց –
Եվ լարերը խզվեցին ...

—Միայն սիրո լարը մնաց
Սրտիս անհուն խորքերում.
Ու վառ սիրո երգը շողաց
Կյանքիս ամեն ծալքերում ...

ԳՈՒՐԳԵՆԻ ԱՆՄԱՀ ՀԻՇԱՏԱԿԻՆ

Գըլգըլալով ջուր է իջնում
Մշու մշուշ սարերեն.

Ծիծեռները ծի՜վ – ծի՜վ եկան
Գարնան գալը երգելէն:

Գարուն չկա հայի համար,
Ծաղիկ, ծիծեռ մեզ պետք չեն.
Գերեզմանս հողին հավսար,
Թո՛ղ փուշ բուսնի իմ վրեն...

Գնա՛, ծիծեռ... թո՛ղ ինձ մենակ՝
Վերքը սրտիս՝ հողի տակ...

Բայց երբ տեսնես թշնամու դեմ
Հայ ժողովուրդ՝ սարի պես
Զենքը ձեռին հպարտ կանգնած,
Հայե՜ր, լեռնե՜ր իրար պես, —

Ա՜խ, այն օրը արի՛, ծըվա՛,
Գարնան գալը նո՛ր կանչե. –
Հայոց գարնան, որ բյո՜ւ – բարև
Սրտիս խորեն ղողանջե...

***

Գիշերն երազով, զօրը կարոտով՝
Նազելի տեսքիդ մընացի անհաս.
Աշխարհը հարբեց քո անուշ հոտով,
Մենակ ես քեզնից մընացի անմաս:

Ա՜խ, գոնե տեղըդ վարդեր ուղարկի՛ր,
Համբուրեմ, դընեմ մարած աչքերիս.
Գոնե վարդերիդ փշերն ուղարկիր, —
Համբուրեմ, զըգվեմ սիրավառ սրտիս...

***

Գագաթներին մով սարերի
Թափառեցի սերըս լալով.

Լացըս քամին զով սարերի
Լսեց, տարավ թևին տալով:

Ու լըսում եմ լուռ գիշերին
Լացըս հիմա ամենուրեք.
Միշտ ծեծում է դուռըդ քամին,
Բայց չես լըսում նրան երբեք…

***

Գարունն եկավ կարմիր – կանանչ,
Արշալույսով, ծիածանով.
Գարունն՝ հագած շորք ու ճաճանչ՝
Գոգն ու ծոցը ծաղիկներով:

Ականջներին թռչունների
Հազար բույրով սեր շըշնջաց. –
Աշխարհի թնդացերգով սիրո,
Ավա՜ղ… գարունն ինձ բան չասաց:

Սիրտըս բացի գարնան դիմաց՝
Շողքի, ոսկի, անուշ գարնան. –
Ավա՜ղ… սիրտըս դատարկ մընաց՝
Մուրացկանի ափի նըման…

***

Գարո՞ւնն է ծաղկել իմ շուրջը հիմա,
— Այդ՝ վառ բուրմունքն է ծով – ծով մազեչիդ.
Արև՞ն է ժպտում իմ սրտի վրա,
— Այդ՝ հուրհիրանքն է հրաշք – աչերիդ:

Երկինքը փռվեց իմ այրվող հոգում,
Իմ սրտի բոլոր լարերը զարթնան.
Թո՛ղ ինձ, իմ արև՛, դու իմ պերճ գարո՛ւն,
Բոլոր լարերով քեզ երգեմ միա՛յն…

***

Գիշերը պատեց իմ դուռն ու երդիկ,
Եվ օրեր կանցնին ու չի լուսանա.
— Իմ քնքուշ մանկիկ, իմ սիրուն մանկիկ,
Մի՛ դիպչիր սրտիս,— փշրված է նա:

Իմ գլխին պայթեց բախտի զոռ մրրիկ
Ու տունս դարձուց տխուր, վերանա.
— Իմ անուշ մանկիկ, իմ սիրուն մանկիկ,
Մի՛ դիպճիր սրտիս, — փշրված է նա:

Կուզան ու կերթան ճաճանչ ու ծաղիկ,
Ա՜խ, միևնույն է ինձ համար հիմա.
— Իմ քնքուշ մանկիկ, իմ երազ – մանկիկ,
Մի՛ դիպչիր սրտիս, — փշրված է նա ...

***

Դարդը հետս է, հետըս կուգա,
Ուր որ կերթամ – դադար չունիմ.
Ազիզ յարն էլ, որ ճար չանե,
Ո՞վ կա դարման դարդոտ սրտին:

Հեռո՜ւ, հեռո՜ւ, հազար ծովեր,
Գլուխս առնիմ, երթամ, կորիմ.
Ցավըս հովին ու ծովին տամ,
Երկրե երկիր երթամ,կորիմ...

Սիրտս ու աշխարհ – դարդ ու դուման,
Ա՜խ, ուր կերթամ – դադար չունիմ.
Չոր գլուխըս չըլում թողնեմ
Անդարձ, անդարձ երթամ, կորիմ...

***

Դա՛ րդըս լացեք, սարի սըմբուլ,
Ալվան – ալվան ծաղիկներ.
Դա՛ րդըս լացեք, բաղի բլբո՛ւլ,
Ամպշող երկնուց զով – հովեր…

Երկինք – գետինք գլխուս մթնան,
Անտուն – անտեր կուլամ ես.
Ցարիս տարա՜ն – ջանիս տարա՜ն,
Հոնգո՛ւր – հոնգո՛ւր կուլամ ես…

Ա՜խ, յարս ինձի հանեց սըրտեն,
Անճար թողեց ու գընաց.
Սըրտիս սավդեն – խորունկ յարեն
Անդեղ թողեց ու գընաց:

Դա՛ րդըս լացեք, սարի սմբուլ,
Ալվան – ալվան ծաղիկներ,
Դա՛ րդըս լացեք, բաղի բլբուլ,
Ամպշող երկնուց զով – հովե՜ր…

***

Դուման դառավ ծովը բոլոր,
Երկնուց բռնած մուժն առավ.
— Ի՞նչ ման կուգամ միտքս մոլոր,
Միրտս խոլոր, խոժոռ ցավ:

Ծո՛վ, քեզի տամ հիվանդ սիրտս,
Կուզես լավցու, թե խեղդե.
Մենակ խաբար տուր խեղճ մորս,
Անգութ յարիս չանիծե …

***

Դարդը սրտիս ճամփա ընկա,
Ու մարդ չուզեց հետս գար.
Ծո՞վ ջան, խո՛ր ծով, գիրկդ եկա,
Սրտիս ընկեր, սիրտ չկար:

Էս աշխարհում շա՞տ ման եկա,
Ժեռը գրկի ու լացի.
Ծո՛վ ջան, մե՛ծ ծով, գիրկդ եկա,
Ա՜խ, կարոտ եմ ծով սրտի:

Մեր սրտերով բացվենք իրար,
Տեսնենք ո՞ւմ մեջ շատ դարդ կա.
Ա՜խ, քու սիրտն էլ ինչքա՞ն դառն է,
Իմ սրտիս պես շա՜տ թույն կա ...

***

Դու նրխշուն նուռ՝ զառը վրրադ,
Ես քո թուփն եմ, շուքիդ մեջ,
Դու քնքուշ վարդ՝ վառը վրադ,
Ես տերևդ եմ փըշիդ մեջ:

Վախենամ՝ թե մի օր էլ գան,
Քեզի քաղեն ու տանին.
Ես թուփ – տերև մրնամ չորնամ,
Զարկե զետին ցուրտ քամին...

***

Դու գնացիր, – ես մնացի
Բյուր մարդկանց մեջ մեն – մենակ
Սրտիս խորքում դառն լացի,
Խավարն իջավ կըրծքիս տակ:

Թափառում եմ փողոց – փողոց
Այս ծովածուփ քաղաքում.
Զսպված ցավից շրթներս՝ խոց,
Եվ աստղ չկա իմ հոգում …

***

Դեպի անապատ հողմը կըսուրա,
Խոր լռության մեջ կանցնի կմարի.
Դեղին քարերե իմ շիրմի վրա
Կըբուսնի մենակ տատասկը վայրի,

Եվ անապատում, և հավերժական
Անուրջում հոգիս կըլսե, կզգա
Ղողանջը զանգի տիեզերական
Եվ մեղմ կըզգվե տատասկին դժնյա …

***

Դո՛ւ ջի՛նջ և հե՛զ մի թիթեռ ես,
Եվ նո՛ւրբ, և սո՛ւրբ թևերով.
Միրտըդ, վըճիտ՝ թըռվըռում ես
Գե՛շ, գա՛րշ, մարդկանց վըրայով. –

Դու, որ մաքուր մի թիթեռ ես,
Ա˜խ, մեր կյանքի ճահճի մեջ
Պիտի ընկնես – պիտի նեխվես
Գե՛շ, գա՛րշ, մարդկանց մահճի մեջ …

***

Դո՛ւ անցորդի պես քեզ միայն ըզգա՛,
Եվ որպես ճամփորդ այս երկրի վըրա.
Ազա՛տ հայացքով նայի՛ր ամենին,

Եվ անվերջ քայլիր քո անհայտ ուղին:
Սիրտըդ սրբազան վըշտով թաթախի՛ր,
Հեռավոր ափեր գընա՛, թափառի՛ր.
Անհազ որոնի՛ր մի վեհ ընկերի,
Սիրիր, բայց սիրուն մի՛ լինիր գերի.
Սիրի՛ր, բայց և թո՛ղ, և նորից գընա՛
Ազատ ու մենակ՝ աշխարհիս վըրա,
Եվ երազ մի վա՛ռ, չքեղ, սուրբ և վեհ
Այս հողի – երկրից հոգիդ թըռցնե. –
Կարոտով ձըգտիր աստղերին անշեջ
Եվ մեռի՛ր աստղե – ոլորտների մեջ …

ԴՈՒ ՉԵՍ ՀԱՍԿԱՆԱ

Չեմ տեսնում շքեղ զարդերը գարնան,
Վշտից խավարեց գոհարն աչքերիս.
Ծանրացավ աշխարհն ուսերիս վրա,
Զուր ես հարցընում պատճառը վշտիս:

Ես՝ զավակ ճնշված ուղծբախտ ազգի,
Որ արյունով է իր ուղին թրջում.
Որ դարե՞ր, դարե՞ր թափը իր բազկի
Շղթան է կրծում ժանգոտ, շառաչուն:

Շղթան շառաչուն, ծանրը ու ժանգոտ,
Ինձ տապալել է, կաշկանդել գետնին.
Ինձ տրորում են անցնող ու դարձող,
Դո՛ւ մի կարեկցիր իմ անհուն վշտին:

Իմ մոր սուրբ խոսքը – ծաղրի նշավակ,
Իմ հայրենիքը – սիրտըս ու հոգիս –
Եվ հոշոտում են, պղծում ոտնատակ,
Դու չես ըմբռնի անդունդը վշտիս …

Ես՝ զավակ ճնշված ու փոքրիկ ազգի,
Սրտիս արյունով մեծ վիշտս եմ գրում.
Վերքը անդարման իմ հայրենիքի
Իմ բյուր խոցոտված սրտումս եմ կրում:

Սիրե՜լ, երազե՜լ, թռչել եմ ուզում,
Բայց շղթան ինձ պինդ գամել է գետնին.
Կուռ լուծը ազգիս՝ ուսերս է փշրում,
Չես կարող հասնել իմ անափ վշտին:

Տիեզերական զայրույթով, թույնով
Արդ՝ ես ինքըս ինձ խայթում եմ ահա՛,
Թո՛ղ մեռնիմ, կորչիմ անհետ, անանուն,
Իմ անհույս վիշտը դու չես հասկանա ...

***

Դու մերժեցիր ինձ, չըկանչեցիր ետ:
Եվ անցան տխուր, տարիներ տխուր.
Եվ հեռվից վախով, հույսերից թափուր,
Նայում էի քեզ, մենակ վշտիս հետ:

Օրերս շքեղ չքացան անհետ,
Բայց մի վայրկյանը քո կախարդ գրկում,
Մի վայրկյանը սոսկ՝ խրթին ու անհուն
Ժամանակս անցած՝ կդարձնե ինձ ետ:

***

Դուռըս ափ առած՝ կըծեծե քամին
Ու շեմքիս վրա տխուր կիառաչե,
Բայց ես մենակ չեմ. մի ձայն մտերիմ
Ինձ անո՜ւշ, անո՜ւշ, անո՜ւշ կըկանչե: —
Այդ՝ ձեր մրմունջն է, հայրենի ջրե՜ր,
Այդ՝ թոթովանքդ է, իմ սիրուն մանկի՛կ.
Իմ վառ, զմրուխտյա հայրենի ջրե՜ր,
Իմ պայծառ, սիրուն, իմ անգին մանկի՛կ ...

***

Դառն ու տրտում
Օր ու գիշեր,
Իմ հեզ սրտում
Անհույս վշտեր:

Հայրենի տուն՝
Ավար, ավեր,
Արյո՛ւն, արյո՛ւն.
Անհուն ցավեր:

Սուրբ մանկիկնե՞ր,
Մեր մայր ու քույր
Հրին, ջրին
Ու սրին կուր:

Կսկի՛ծ, կսկի՛ծ,
Այսքան կսկի՛ծ,
Ի՞նչպես տանիմ
Այսքան կսկի՛ծ ...

***

Դուրսը բուք է խիստ, գիշեր, ցուրտ ձմեռ.
Շքեղ դահլիճում ջերմ ու լուսավառ,
Պարում են, երգում, կատակում զվարթ:
Բայց դո՛ւ, ընկե՛ր իմ, պառկել ես անզարդ,
Ծանր հողի տակ,
Քաղաքի եզրում,
Եվ բուքն է հիմա ձյունաթաղ դաշտում
Քաղցած գայլի պես
Քո գերեզմանի վրա կաղկանձում ...

***

Եղբայրության կամ թե սիրո
Խոսքը ես ձեզ չեմ ավետում, —
Պատգամները չարի, բարվո
Ձեր ոտների տակն եմ նետում:

Կյանքն է պայքա՛ր՝ գոռ ու դաժա՛ն,
Ճզմի՛ր մարդուն և թռի՛ր վե՛ր.
Իրավունքը ուժն է միայն,
Վա՜յ հաղթվածին, հազա՛ր վայեր:
Տեր կամ ըստրուկ պիտի լինիս, —
Ճշմարտություն չըկա ուրիշ:

Չես սպանի, քեզ կսպանեն,
Դու սպանի՛ր, քեզ չսպանեն:
Լուծ կամ լծկան պիտի լինիս, —
Ճշմարտություն չըկա ուրիշ:

Անիծվիս, մա՛րդ, որ հույսդ է մարդ.
Բախտըդ կռվով կռի՛ր ինքըդ:
Մո՛ւրճ կամ զնդա՛ն պիտի լինիս.—
Ճշմարտություն չըկա ուրիշ:

***

Ես աշխարհի մեջ երազն եմ սիրել –
Քո շուշան հոգին, քո հոգին քնքուշ,
Եվ չեմ տենչացել երբեք քեզ տիրել –
Քո շուշան հոգին, քո հոգին քնքուշ:

Աղբյուրի նման արցունք եմ ցողում՝
Քո ճամփու վրա վարդեր վառելով,
Անձնազոհ մոր պես սրտագին դողում՝
Քո բախտի համար լուռ այրվելով:

Երբ գիշեր կուգա, դու կըմտնիս քուն,
Քո շեմքն է, քուրի՛կ, իմ բարձը քնքուշ,

Իմ սուրբ երազն է – շքե՛ղ, շողշողո՛ւն,
Աչերդ՝ պայծա՛ռ, աչերդ՝ անո՛ւշ:

***

Ես երգիչ եմ – երկնի թիթեռ,
Ես զանձ չունիմ – լե՛ռ ու բե՛ռ.
Ես սիրում եմ շաղիկ, աղջիկ,—
Ծաղկի բուրմունք, կույսի սեր.
Ես սիրում եմ մրմունջ – տրտունջ,
Տանջված սրտի երգ ու վերք:

***

Ես ձեզ ասում եմ՝ կըզա Ոգու սով,
Եվ դուք կըքաղցեք ճոխ սեղանի մոտ,
Կընկնեք մուրալու հափրած որկորով՝
Հըրեղեն խոսքի, վեհ խոսքի կարոտ:

Լրբենի ծաղրով արհամարհեցիք
Ոգու վառ զեղմունք – միտք ու երազանք,
Նյութի տաճարում արբած պարեցիք՝
Մոռացած
Անմահ, անհունի տենչանք:

Դուք, որ հեգնեցիք ուժն ստեղծագործ՝
Ձեր նյութի հանդեպ կըզա Ոգու սով.
Եվ մուրացքի պես փշրանքի համար
Ծարավ ու նոթի կանցնեք ծովե ծով…

***

Ես որ մեռնիմ՝ ինձ կթաղեք
Ալագյազի լանջերում,

Որ Մանթաշից հովերը գան,
Վրաս հևան ու երթան,

Գերեզմանիս չորս դին փովին
Ցրեն արտերն ու ցոլան,
Եվ ուռիներն՝ մազերն արձակ,
Վրաս ընկնին, անուշ լան…

***

Ես որ մեռնիմ ու իմ վերքից
Եթե մի վարդ դուրս ծլեր,
Եվ ընկերըս հեռու տեղից
Գար՝ շիրիմըս այցելեր.

Եթե նրա խոր աչերից
Մի ցող վարդիս մեջ ծորեր,—
Այն սուրբ ցողը սիրտս կերթար,
Վերքըս խորունկ՝ կըբուժեր:

***

Եվ անապատից, հեռո՜ւ ծովերից
Եվ դարբասներից, թե խուլ բանտերից
Լըսում եմ անվե՛րջ, գիշեր ու ցերեկ
Ողբ ու հեծեծանք մի շտ, ամենուրեք.
Տեսնում եմ արցունք ժպտի հետ հյուսված,
Հացի հետ արյուն – վի՛ շտ համատարած…

Եվ ծով – արցունքներն անծայր աշխարհի
Ամեն խորշերից, ամեն սըրտերից
Կաթիլ ու կաթիլ հավաքվում, գալիս,
Թափվում են վըշտոտ, խոցված սրտիս մեջ…

***

…Եվ ո՛ւշ գիշերին հոգնած մի ալիք
Լացով, հառաչով եկավ ու ընկավ
Գիրկը մայր – երկրի…
Ա՜խ, ճակատս հոգնած ո՞վ շոյե պիտի.
Եվ ո՞ւմ սիրտն է բաց – այս հեռո՜ւ, օտա՜ր
Ափում ինձ համար…

***

Ետ դառնար հիմա հասակս մատաղ,
Լինեի նորից այն խենթ պատանին,
Երգը՝ շրթունքիս, և սիրտըս ուրախ,
Սանձեի նորից հորըս կապույտ ձին,
Եվ խոլ ձորերով, կատարներով վես,
Սուրող գետերի շառաչյունի հետ
Թռչեի չքնաղ իմ սիրածին տես,
Որպես մի վառված անվեհեր ասպետ:

***

Երբ որ մահս գա
Կուզեի լիներ
Նորեկ գարունքվա
Շողշողուն մի պահ,—

Առաջին բացվող
Վարդին ժպտայի,
Սուզվեի ապա
Մութ անհունի մեջ:

***

Ես ծերացա … մի՛ զարմանար,
Որ ես թեև դեռահաս,
Թեև դեմքըն իմ վշտահար
Նոր է զգվում աղվամազ:

Մի՛ զարմանար … մտքով արդեն
Ես մեր կյանքը ապրեցի.
Ցնորքներում, որպես կյանքում,
Ես կռվեցի, սիրեցի:

Եվ ցնորքում ի՜նչ տագնապով
Ես կյանքն էի ընդգրկում.
Եվ զրկեցի. ի՞նչ – արյան ծով,
Լոկ գոյության մաքառում:

***

Երազ տեսա – ձեր տան առաջ
Զուլալ աղբյուր կըբխեր.
Ձենը մեղմիկ, քաղցրակարկաչ,
Չորս դին ծո՛ւփ - ծո՛փ ծաղկունք էր:

Ջուր խմելու դուռըդ եկա,
Պապակ էի ու ծարավ,
Ջինջ աղբյուրը, մեկ էլ տեսա,
Ցամաք կտրավ, քար դառավ:

Քընից զարթնա, — սիրտս էր տրտում.
Ա՜խ, էս շա՜տ վատ երազ է. –
Ծարավն՝ ես եմ, աղբյուրը՝ դուն.
Սերդ ինձ համար ցամաքել է:

***

Եղնիկները լուսաբացին
Սուր ժեռերով անցկեցան,
Փրփրած լճին մեղմ նայեցին,
Լռիկ – մնջիկ անցկեցան:

Ա՜խ, իմ սերս՝ կանանչ – կարմիր,
Դառավ ինձի ցավ ու ցեց.
Ա՜խ, իմ կյանքս՝ զառ – վառ կարմիր,
Վիշտս կերավ ու մաշեց:

Ես ի՞նչ անեմ, ես ո՞ւր չքվիմ –
Ընկնիմ չոլերն ամայի. –
Երնե՜կ մեռնիմ, ու սիրտս ուտեն
Գել ու գազան ամեհի:

Ա՜խ, եղնիկներ, դադար չունեմ,
Սիրտս՝ կրակ վառ – վառման,
Մարդիկ կուզան, ինձ կնայեն
Լռիկ – մնջիկ կանց կենան …

***

Երազիս մեջ ծովը տեսա,
Ծովը լազո ւր ու անդո րր,
Մենակ, մենակ, ափի վրա
Ընկած էի վիրավոր …

Ծովն էր հնում մեղմ ու թալուկ՝
Մտորմունքի մեջ անծայր,
Եվ խոստում էր վերքըս խորունկ,
Իսկ ես՝ անհույս, ես՝ անչար:

Եվ հոգուս մեջ մի ձայն ծորեց,
Մի ձայն՝ քնքուշ, սուրբ սրտից. –
Ա՜խ, այն մայրս էր, կանչում էր ինձ
Հայրենիքիս ափերից …

***

Երազիս տեսա, որ ծովի ափին
Ես ընկած էի խոր վերքը սրտիս.
Եվ ալիքները մեղմ ծփում էին՝
Անուշ օրորով ինձ անդորր տալիս:

Երազիս տեսա, որ ընկերներս
Ուրախ երգելով անցան ծովափով.
Սակայն … ոչ մեկը ինձ ձայն չըտվեց,
Իսկ ես լուռ էի մահվան խոր վշտով …

***

Եվ վաղո՜ւց, վաղո՜ւց խո՜ր քուն է մըտած
Կյանքի տաղտուկից հոգնած իմ հոգին.
Սակայն տեսնում է մի մե՛ծ, վեհ երազ
Իմ ջի՛նջ ու մաքուր, իմ խորունկ հոգին,

Տեսնում եմ ահա՛, որ բարձունքներից
Իջնում է մի կույս լազո՜ւ թևերով,
Որ զարթնեցընե, թըռցնե հոգիս
Երկնի համբույրով, աստղերի բույրով:

Եվ տիվ, և գիշեր ես սպասում եմ,
Թե ահա կըգա կույսը դյութական,
Որ զարթնած հոգով երգեմ վեհորեն
Երազըս չըքնաղ, մարգարեական …

***

Եվ ճամփեքի մեջ, ամայի դաշտում
Մենակ, անընկեր, ընկած եմ մոլոր.
Չորս կողմից հողմը վերաս է շաչում,
Եվ հոգիս խռով, և միտքս խռով:

Միրտս գթով լի՝ մարդկանց մեջ մտա,
Բայց ողջույնի տեղ կռվի կոչ տվին.
Կյանքի գոռ կռիվ՝ կատաղի, դժնյա,
Ուր որ ամենքը ամենքի ընդդեմ
Դաշույն են սրում՝ սիրո փոխարեն:

Եվ կյանքի կռվից վիրավոր, հաղթված
Ընկած եմ հիմա այս ափում վայրի.
Շուտով կտեսնեմ աչքերս սառած,
Բայց նրանց խինդը երբեք չի խայթվի …

***

Ես գիտե՜մ, գիտե՛մ, որ կյանքիս շեմքից
Խոր տառապանքն է ինձ բաժին ընկել,
Եվ թե՝ առանց վիշտ, ն՛ թույն, ն՛ թախիծ
Անկարելի է անհունը գրկել:

Թո՛ղ վիշտս լինի անեզր ու հավերժ,
Ես չեմ երկնչում դժխեմ տանջանքից.
Միայն թե մնա հավատս անեղծ
Թե՛ դեպի միտքը և թե՛ դեպի ինձ:

Եվ առագաստներս ես լայ՜ն կբանամ,
Կըլողամ վերն՝ հուսանքին ընդդեմ.
Այրված հոգուցս նո՛ր խոսքեր կըտամ,
Ինչպես բյուրեղներ, մաքո՛ւր ու վսե՛մ …

***

Եվ սերըդ սիրտըս կարևեր խոցեց,
Վերքիս այս, քո՛ւյր իմ, դեղ – դարման չըկա.
Միրուս արցունքով աշխարհ թաթախվեց,
Բայց դո՛ւ մնացիր օտա՛ր, անըզգա …

Եվ ո՛ւր լինում եմ, քո սերն եմ երգում,
Միրտըս դեպի քեզ թռչում է հավերժ.

Ուրիշին գըրկած՝ ես քեզ եմ զգում,
Ուրիշի գրկում, — բայց քոնն եմ հավե՛րժ …

Եվ դու հավիտյան անհաս աստղի պես
Ինձնից հեռո՜ւ ես, ինձնից հեռո՜ւ ես …

***

Երկինքն հիասքանչ, շըքեղ, լուսալից,
Հոգիս արթնացուց լըռության երգով.
Եվ այս տաղտուկից, կյանքի անձուկից
Թափ առավ հոգիս երազ – թևերով:

Եվ տիեզերական խորությունների
Անճառ վայրերում հոգիս սավառնեց.
Եվ խորախորհուրդ, վեհ գաղտնիքների
Անխոս բարբառին լուռ ունկընդրեց:

Եվ տեսավ նրա ափերը անծիր,
Անսահմանության սարսափն ահավոր.
Աստղի քարվաններ, բույլեր ցանուցիր,
Ուժերի հախուռն հորձանքը հզոր:

Եվ երկյուղազին հոգիս հաղորդվեց
Հավիտենության խոհերին վըսեմ,
Անմահ էության հալվեց ու ձուլվեց,
Ինչպես մի հրնչյուն, հյուլե մի նըսեմ …

***

Եվ արծիվ մի սև իջավ սըրարշավ,
Իջավ երկնքից և կուրծքըս փշրեց
Եվ սիրտըս կըտցեց, և սիրտս տարավ
Դեպի վե՜հ լեռներ, ժայռեր բարձրաբերձ:

Եվ նետեց սիրտըս վառ լազուրի մեջ,
Խրոխտ բարձունքին հզոր լեռների,

Եվ շուրջս այն օրից լըսում եմ անշեջ՝
Շառաչումները արծվի թևերի …

***

Ես կուզեի արևավառ
Անապատը ամայի, —
Ուր մեն – մենակ և վըշտահար
Թափառեի ու լայի:

Աշխարհից դուրս ու սրտաբաց –
Անապատում ամայի
Տաք ժայռերը ամուր գրկած՝
Համբուրեի ու լայի ..

***

Երազիս տեսա, որ մայրս՝ թշվառ,
Շեն պատերի տակ, մեծ փողոցներում,
Ա՜յնպես դողդոջուն, հիվանդ ու անճար,
Անց ու դարձողին ձեռն էր կարկառում:

Երազիս տեսա, որ իմ մայրը՝ ծեր,
Ցնցոտիներով պատած մուրացկան,
Եվ մարդիկ՝ անգութ, անտարբեր, անսեր,
Զբոսնում էին և հրում նրան:

Եվ երազիս մեջ ես դառըն լացի,
Ու ցավից զարթնած՝ լաց եղա անքուն. –
Ա՜խ, որքա՜ն մայրեր՝ խեղճ, առանց հացի,
Մեր շուրջն են դողում ու մենք չենք զգում …

***

Երազիս տեսա՝ օրո՜ր ու շորո՜ր
Քարվանն էր անցնում զնգալով անո՜ւշ:
Սարերի փեշով ոլո՜ր ու մոլո՜ր
Քարվանն էր անցնում զնգալով անո՜ւշ:

Նազելիս տեսա ուրախ, շողշողուն,
Հարսի քողով, ոսկի շորերով.
Ու ոտներն ընկա կարոտով վառման,
Ա՜խ, քարվանն անցավ սրտիս վրայով:

Ճամփու փոշու մեջ անտերունչ, անտեր,
Ընկած էի ես ջարդված ու անհույս.
Ու հեռուներից լսում էի դեռ
Անցնող քարվանի ղողանջը անո՜ւշ …

***

Ձմրուխտյա երգեր, երազներ շքեղ,
Գարնան վարդի հետ եկան, գնացին.
Համբույր ծաղկաբույր և սեր հրաշագեղ
Գարնան հովի հետ եկան, գնացին:

Ուրիշի նման բույն չըշինեցիր,
Կյանքի մըրրկավ զարկըված թռչուն,
Ու հիմա մենակ ու որբ մնացիր,
Եվ թարմ տարիներդ եկան, գնացին:

Անտուն մնացիր ու թափառական,
Ընկեր, բարեկամ եկան, գնացին,
Մոլոր Ճամփեքում մնացիր մոլոր,
Քարավան, երամ եկան, գնացին:

Ու հիմա աշնան մեգի մեջ խավար,
Ականջըդ հառած սրտիդ լուռ լացին,
Օտար ափերում կանգնել ես շվար,
Ինչ որ ունեիր, անդա՜րձ գնացին …

***

Զորահավաք էր: Շտապ տուն եկավ
Զինվորի զգեստ հագած մի տղա.
— Մայրիկ, ինձ օրհնիր, — պատանին ասավ, —
Ես էլ կռվի դաշտ գնալու եղա …

Ուշաթափ ընկավ խեղճ մայրը թշվառ,
Եվ երբ ուշքն եկավ նորեն իր վրան,
Գրկեց զավակին պինդ, կարոտավառ,
Որպես թե վաղուց չէր տեսել նրան:

_ Ա˜խ, ի˜նչ ուրախ եմ, փա՛ռք քեզ, աստված իմ,
Որ ողջ ետ դարձավ իմ անուշ որդին …

***

Էս ճամփեն ոլոր-մոլոր,
Սև ծովի բոլոր կերթա.—
Շուշան յարս ինձի թողել՝
Էն տղի հետ ո՞ւր կերթա:

Ա˜խ, ճամփեն – մահի բերան,
Օձի պես գալար կերթա.
Ջոլերի մեջ, անզերեզման,
Ծովն է լալիս իմ վրա:

Սեգ արծիվը աչքս է կտցում,
Աչքս կարոտ՝ Շուշանին.
Անգութ գայլը սիրտս է հանում,
Սիրտըս ծարավ՝ Շուշանին:

ՈՒ ճամփեն, մութ – մոլորուն,
Սև ծովի բոլոր կերթա.
Շուշան յարս ձեռքերն արյուն՝
Էն տղի հետ հարս կերթա:

***

— Էդ ի՞նչ կըրակ կանես, մերի՛կ:
— «Բալաս, վերքիդ դեղ կեփեմ»:
— Ա՛խ, իմ վերքը սիրտս է մերի՛կ,
Դեղ ու դարման ի՞նչ անեմ.

Սրտիս վերքը խորն է մերի՛կ,
Լավի դարձի հույս չըկա.
Մի՛ քըրքըրիր սիրտըս, մերի՛կ.
Խոր – խոցերուս ճար չըկա:

***

Էս քարփի տակ խորունկ փորեմ,
Թաղեմ սիրտս ցավով լի.
Մեծ քարափն էլ վերան շրջեմ,—
Թաղեմ սիրտս սիրով լի ...

Ա՜խ, շա՜տ վաղուց սիրտս առա,
Ընկա մարդկանց դուռն – երթիկ.
Ցավիս դեղ – չար շա՜տ խնդրվա,
Մարդիկ փակին դուռն – երթիկ:

Է՜հ, ի՞նչ անեմ, սիրտն ի՞նչ պետք է,
Ասի՝ թաղեմ, թող մեռնի.
Չէ՞ որ մարդիկ է՛լ սիրտ չունին,
Անսիրտ մարդը ցավ չունի:

Էս քարփի տակ խորունկ փորեմ,
Թաղեմ սիրտս ցավով լի.
Մեծ քարափն էլ վերան շրջեմ, —
Ծանր լինի, դուրս չելնի ...

***

Է՜յ, ջան – հայրենիք, ինչքա՜ն սիրուն ես,

Սարերըդ կորած երկնի մովի մեջ.
Ջրերըդ անո՛ւշ, հովերըդ անո՛ւշ,
Մենակ բալեքըդ արուն – ծովի մեջ:

Քու հողին մեռնեմ, անգի՛ն հայրենիք,
Ա՜խ, քիչ է, թե որ մի կյանքով մեռնեմ,
Երնեկ ունենամ հազար ու մի կյանք,
Հազա՛րն էլ սրրտանց քեզ մատաղ անեմ:

Ու հազար կյանքով քու դարդին մեռնեմ,
Բալեքիդ մատա՛ղ, մատա՛ղ քու սիրուն.
Մենակ մի կյանքը թո՛ղ ինձի պահեմ, —
Է՛ն էլ քու փառքի գովքը երգելուն, —

— Որ արտուտի պես վե՜ր ու վե՜ր ճախրեմ
Նոր օրվա ծեգին, ազի՛զ հայրենիք,
Ու անո՛ւշ երգեմ, բա՛րձր ու զիլ գովեմ
Կանաչ արևըդ, ազա՛տ հայրենիք …

***

Էս ի՞նչն է ամպում զիլ թևին կուտա,
Գարնան գովքասան արտո՞ւտն է նխշուն
Ու ձենը ինչո՞ւ զարհուրիկ կուգա,—
Վա՜խ, էս ագռավն է գլխիս պտտվում:

Ես ուրտեղ կերթամ՝ դու հետս կուգաս,
Ինձեն ին՝չ կուզես, ա՛յ զուլում ագռավ,
Երազիս մեջ էլ վրաս կըկռաս,
Իձեն ի՞նչ կուզես, սևասի՛րտ ագռավ,

Արդյոք չըլինի՞, որ դու էլ գիտես,
Թե ծաղիկ սիրտըս դարդամահ մեռավ.–
Ազիզ մեռելըս քրքրե՞լ կուզես,
Ջիվան մեռելըս, ա՛յ իմ բախտ – ագռավ …

***

Է՛յ կանանչ ախպեր, դու բարով եկար,
Դո՛ւ բարով եկար, իմ կանանչ ախպեր

Մով մանուշակով ծաղկուն սարերեն
Արտուտն ու արոս ինձի ձեն տվին,
Ու զարնան անուշ արևն ոսկեղեն
Ինձի ձեն տվին՝ սար ու ձոր ելնիմ:
Երանի՜կ ձեզի, սարեր ու ձորեր,
Նիշուն հազել եք զարնան զուքսերով.
Ա՜խ, սիրտս մեռավ ծով – դարդերի մեջ,
Գարնան զուքսերին մնաց կարոտով:
Է՜յ սարեր, ձորեր, դուք առաջվանն եք,
Ջրեր զլզլան, դուք առաջվանն եք,
Լոկ մենակ ես եմ փոխվել ու չորացել,
Բլբո՛ւլ ու բաղեր, դուք առաջվանն եք,
Ա՜խ, ես եմ փոխվել ու աշխարհի մեջ
Հիվանդ ու անհույս ճամփորդ եմ դառել,
Ու անդարձ ճամփով կերթամ մթի մեջ,
Արև - արեգակ, դուք առաջվանն եք …

Է՜յ կանանչ ախպեր, կուգաս գալ – տարի
Ու գերեզմանս մամռով կզուքես,
Իմ կանանչ ախպեր, գալդ միշտ բարի,
Խեղճ գերեզմանս մտքեդ չգցես …

***

Է՛լ ինչո՞ւ երգեմ. – այսպես օրերում
Արնով լի լցված սիրտը, խեղճ սիրտը
Մարում, հանգչում է ճնշված կրծքի տակ.
Մեծ է տանջանքս … աչքերիս առաջ
Ողջ կյանքն է ընկած, ինչպես պա՛ղ դիակ …

* * *

Էն ամպի նըման խուլ որոտումով –
Միրտըս դարդով լի՝ կըռիվ գընացի.
Էն ամպւ նման ժեռուտ սարերով,
Քուրի՛կ ջան, քեզնից հեռու գընացի …

Էլ մի՛ որոնիր քո ազիզ յարին
Կըռվից ետ դարձող կըտրիճների մեջ
Մենակ փընտրիր դո՛ւ իմ քաջ սևուկին
Անտեր խըրխընջող՝ լուռ դաշտերի մեջ …

Էլ մի՛ որոնիր քո ազիզ յարին
Իմ ընկերների ուրախ խընջույքում.
Բանձրիկ սարերից ոռնացող քամին
Վրաս մի բուռ հող կըցգե դաշտում …

Ու օտար մայրեր ինձի տես կուզան,
Սև հողիս վրա արցունք կըթափեն.
Ա՜խ, օտար քուրեր ինձի տես կուզան
Ու վրաս անո՞ւշ ծաղկունք կըթափեն …

* * *

Է՜յ դու, ջահել, հպարտ հասակ,
Թռար ոսկի աստղի պես.
Քեզ հետ տարար երգեր ու սեր,
Տարար զարունն իմ սրտես:

Քար կըսեղմեմ սրտիս հիմա,
Կըլնեմ սարերը լալու. –
Ա՜խ, լաց՝ ի՜նչքան, ի՜նչքան կուզես.
Անցածն էլ ետ չի գալու…

* * *

Է՜յ դու, ջահել, հպարտ հասակ,

Թռար ոսկի աստղի պես.
Քեզ հետ տարար երգեր ու սեր,
Տարար գարունն իմ սրտես:

Քար կըսեղմեմ սրտիս հիմա,
Կելնեմ սարերը լալու. –
Ա՜խ, լաց՝ ի՜նչքան, ի՜նչքան կուզես.
Անցածն էլ ետ չի գալու…

***

Ընկե՛ր. միշտ հառա՛ջ,
Մի՛ հուսահատվիր
Փոթորկի դիմաց.
Ծով – անապատում.
Անհաղթ հավատով
Կռվի՛ր ու տանջվի՛ր. –
Թո՛ղ հոգիդ հանգչի
Կատաղի կռվում…
— Ընկե՛ր, միշտ հառա՛ջ,
Մի՛ հուսահատվիր.
Շողում է հույսը
Վառ հորիզոնում…

***

Ընկերներըս վաղ են մեռել,
Միրող սրտերն հող են դառել.
Չոր ծառի պես ես եմ կեցել,
Ընկերներըս հող են դառել,

Անգին մայրըս, ա՜խ մեջքը կոր,
Անկուշտ հողին աչքն է գըցել,
Ազիզ մորըս կյանքն է հատել.
Չոր ծառի պես ի՞նչ եմ կեցել:

Ծառըս ծաղկած անբեր մընաց,
Ծիլ ու ճյուղըս գարնան չորցան,
Դարդի որդն էլփրտս է կրծել,
Չոր ծառի պես ի՞նչ եմ կեցել:

Մի՛ վըռազիր, է՜յ մաշված սիրտ,
Աշնան քամին հիմի կըգա.
Ծառդ արմատով կառնի – կերթա,
Աշնան քամին հիմի կըգա …

ԸՆԿԵՐԻՍ ՀԻՇԱՏԱԿԻՆ

Ա՜խ, նորից եկավ լալազար գարուն,
Թավշյա դալարով շնչեցին արտեր.
Նորից ծաղկեցին աղբըրաց – արուն,
Հազար բուրմունքով հազարան – վարդեր.
Ավա՜ղ, նա, որին շա՜տ էր նըմանում
Գարունը սիրուն, նա չկա հիմա.
Նրա հետ մեռավ սեր ու խնդություն,
Նրա հետ մեռավ երգը գարունքվա:

Եվ քար – արցունքով կուրծքըս եմ ծեծում
Ու չեմ հասկանում, մի՞թե մեռար դու,
Դո՛ւ, որ երգ էիր, աշխույժ ու կըրակ,
Ի՞նչպես ես մնում սառ հողերի տակ,
Ի՞նչպես չես ելնում, արևը երգում.
Այդպես լո՛ւռ, անշարժ մինչև ե՞րբ մնաս
Գարնան զարդերին համըր, անտարբեր,
Դո՛ւ կյանք, դո՛ւ երազ, իմ անո՛ւշ ընկեր …

***

Թ՛ե դեպի կյանքը, թե՛ դեպի մարդիկ
Շողավոր, պայծառ հավատով զինված
Ես ողջունեցի … և վեհ, գեղեցիկ
Զգացմունքներով սիրտս դըրդաց:

Ես ծուն չոքեցի ալեկոծ կյանքի
Մեղանի առաջ. անվեհեր հոգով
Ոտք դրի ուղին նոր մարգարեի,
Եվ ազատության, վեհության երգով:

Եվ ես գնում եմ նոր, հեռո՜ւ ափեր:
Եվ այս կնճիռներն – չակատիս պսակ,
Անխոս վկա են, որ վիշտ, տանջանքներ
Ես ճաշակել եմ, որպես հաղթանակ …

***

Թափվեցին տերևներն աշնան ծառերից՝
Թոշնա՛ծ ու դալո՛ւկ,
Թափվեցին երգերս բեկված իմ սրտից՝
Տրտո՛ւմ ու թալո՛ւկ:

Թափվեցին աստղերն անհուն երկնքից՝
Տխո՜ւր ու անփա՛յլ
— Թափվեցե՛ք, արցունքներս, հոգուս խորքերից՝
Անհո՛ւյս ու մռա՛յլ…

***

Թե մարդ, թե հավք ընկեր ունի,
Ես հա՛մ անտուն չոր գլուխ եմ,
Հա՛մ էլ սիրտըս մեծ ցավ ունի, —
Մեծ էս սարեն, խորն էս ձորեն:

Դուն է՛լ կասես — «կո՛րի, գնա՛».
Ա՜խ, ո՞ւր չըքվիմ, ո՞ւմ քովն երթամ …
Էս ցավն ախըր քեզնեն առա,
Դեղի համար ո՞ւմ քովն երթամ …

***

Թափ կուտամ թևերս և կըսավառնեմ
Այս զազիր, նանիր երկրից դեպի վեր.
Այն վառ աստղերը համբուրել կուզեմ
Եվ սուրա՜լ, ճախրե՜լ աստղերից աստղեր:

Թա՛փ կուտամ թևերս և կըսավառնեմ
Խորքերը դեպի մեծ տիեզերքի. –
Արևներ խըլեմ – պատգամներ վըսեմ
Մի ազա՛տ, պայծա՛ռ, մի նորո՛գ կյանքի:

Թա՛փ կուտամ թևերս և կըսավառնեմ
Զերծ ձեր օրենքից, բըռունցքից դաժան. –
Իմ անհատական ոլորտըս կուզեմ,
Ուր կամքըս լինի օրենքըս միայն…

***

Թռած սիրո զառ թևերով՝
Ես քեզ տեսա աստղերի մեջ,
Աչերդ լի արևներով,
Դեմքդ՝ շո՛ղ – շո՛ղ լույսով անշեջ:

Գիշերն՝ անքուն, ցերեկն՝ երգով,
Գերին դառա քո դռնակի,
Ոտքիդ կոխած չոր տեղերով
Բուրմունք առա մանուշակի:

Սիրտս դողաց, սիրտս մարավ
Ձայնիդ քաղցրօրոր հո՛վերեն.
Իմ ողջ կյանքը երազ դառավ
Մազերիդ ծո՛ւփ – ծո՛ւփ ծո՜վերեն …

***

Թռչուններն ուրախ՝
Նորեկ գարունքին
Սիրով, սրտագին,
Խոսում են կրկին:

Ա՜խ, կար ժամանակ,
Ես ա՜յնպես ներհուն
Իմանում էի
Հավքերի լեզուն,

Բայց սին ու դժնյա
Խաղերից կյանքիս
Օր – օրի վրա
Նանրացավ հոգիս:

Եվ հիմա նրանց
Լեզուն իմաստուն,
Լեզուն երազի,
Էլ չեմ հասկանում…

***

Թարթիչներդ շուք կուտան
Դեմքիդ վրա թավիշե.
Միրտս շուքի տակ անուշ՝
Ծվար մտած կերազե:

Թաթիկներդ լուսեղեն –
Լույս թռչնիկներ հեքիաթի. –
Ճաճանչներով ոսկեղեն
Բույն կհյուսեն նոր բախտի:

Զմրուխտ թասով գինի ես,
Բույրդ աշխարհի է առել,
Շուրթս վառվեց շրթներիդ,
Աշխարհիս տեն եմ դառել:

ԺՈՂՈՎՐԴԱԿԱՆ ԲԱՅԱԹԻՆԵՐ

Սիրելի՛ք, մնա՜ք բարով,
Ճամփո՛րդ եմ, մնա՜ք բարով.
Ով գիտե՝ ետ գամ, չըգամ,
Թղջությամբ մնա՜ք բարով:

Վարդը նո՛ր էր, կոկոն դարձավ,
Կոկոնի մեջ էլ թառամավ.
Սիրտս քեզնով նոր պիտի բացվեր,
Թոռոմելը քեզնից եղավ …

Ձեռ ու ոտս կապեցին,
Բանտը դրին, կողպեցին.
Ո՛չ թողեցին գանգատվիմ,
Ո՛չ էլ լեզուս կըտրեցին:

Հոգուտ մեռնիմ, մեղք չունիմ,
Խըղճի արի, մեղք չունիմ,
Աչքս տեսավ, սիրտս ուզեց,
Այիր ես ի՞նչ մեղք ունիմ:

Ա՜խ, վաթա՛ն ջան, մնալով,
Պանդուխտ հողում մնալով,
Ջիվան կյանքս մաշեցի,
Քեզնից հեռո՜ւ մնալով:

Լաց կուլամ սգվորի պես,
Դարդերս մենձ բեռի պես,
Թափս կտրավ, վար ընկա
Աշունքվա խազալի պես …

* * *

Ժեռ, սև քարը սըրտիս վրա
Գերեզմանիս մութ խորքում,
Դարդի սարը սրտիս վրա՝
Քնել էի հողի քուն:

Գարունն եկավ, Շուշանս եկավ
Տատրակի հետ ձայն տվավ,
Տատրակս եկավ, քարիս նստավ,
Ինձի անուշ ձայն տվավ։

«Ե՜լ, ազիզ ջան, Արփաչայի
Ուռիները ծաղկել են.
Ուռիներեն ճյուղք եմ բերել՝
Քեզի իրենց կանչում են»։

— «Ե՜լ, ազիզ ջան, գարունն եկավ
Ալ – բալ հագան սար ու ձոր.
Քեզի շաղաղ վարդ եմ բերել,
Երթանք, ման գանք սար ու ձոր,

«Ե՜լ, ազիզ ջան, հովն է բուրում,
Գառն ու ոչխար սարն ելան.
Ալագյազը սիրտն է բացել.
Ալագյազին տես երթանք» ...

Ա՜խ, ժեռ – քարը սրտիս վրա,
Խոր, հին վերքը սրտիս մեջ.
Ու վեր ելնել ես չըկրցա, —
Սերն էր մեռել սրտիս մեջ։

ԻՄ ՓԵՐԻՆ

(Շիրակի ավանդավեպ)

Կես – գիշերին, գետի ափին
Ես նստած եմ սիրավառ.
Գետն հոսում է, և հոսանքին
Ես նայում եմ միալար։

— Ո՞վ է՝ անդորր, լուռ գիշերով
Մենությունըս խռովում.
Շուշան – կրծքով, լույս թևերով
Նիրհած գետը վրդովում։

Ո՞վ է հագած լուսնի շողեր՝
Շքեղ կանգնում առաջիս.
Սև մազերին գոհար – ցողեր՝
Հուր շշնջում ականջիս:

Ո՞վ է ծագող լույսերի հետ
Ծաղիկները համբուրում.
Երազի պես ցնդում անհետ
Մշուշային փրփուրում:

Նա փերին է զմրուխտ գետի,
Ցնորքներիս սիրելին.
Դիցուհին է իմ վառ սրտի,
Վառ երգերիս նազելին:
Եվ մինչև լույս գետի ափին
Ես նստած եմ քարացած.
Գետն հոսում է, և հոսանքին
Ես նայում եմ շվարած…

***

Ինչպե՜ս կուզեմ սիրտս թաղեմ
Ծովի մռայլ, մութ խորքերում.
Քեզնից հեռո՛ւ, վիշտս պահեմ
Գաղտնի տեղում՝ շա՛տ թաքուն:

Ծովը միայն վիշտս իմանա,
Ծովը շա՜տ մեծ սիրտ ունի.
Սրտանց կուլա սիրուս վրա,
Հոգու խորքից կհուզվի…

***

Իմ այրող վշտից սիրտըս է մաշվել,
Կյանքըս է մաշվել, էլ ի՞նչս մնաց,
Լամ ու արցունքըս աղի – ծով դառնա, —
Միայն թե մայրըս վիշտս չիմանա:

Ա՜խ, գլուխս առնիմ, ընկնիմ սարերը,
Զարկե՜մ քարե – քար, զարկեմ քարե – քար.
Միրտս զայլերին թող բաժին դառնա,
Միայն թե մայրըս մահըս չիմանա:

***

Իրիկունն եկավ, տնե – տուն մտավ,
Վառեց ճրագներ՝ կարմիր ու պայծառ.
Բարի երեկոն, Ա՜խ, ինձ տես չեկավ,
Ու տունս մնաց սրտիս պես խավար:

Տուն դարձան հանդից հարսնան, դրկից,
Ուրախ բոլորան հացի սեղանին.
Դուն ո՜ւր մնացիր, իմ ազիզ կտրիճ,
Աչքս ծով դարձավ քու անուշ ճամփին:

Գիշերն էլ եկավ, ու քնածներուն
Բերեց երազներ՝ նխշուն ու զառ – վառ.
Ա՜խ, ես մնացի մենակ ու անքուն,
Երազս դուն ես, ու դուն էլ չեկար:

***

Ի՞նչ ես զազազում, ի՛մ վիրավոր սիրտ,
Որ զազազում ես, ի՞նչ պիտի անես.
Աշխարհը իրեն ճամփով կընթանա,
Դո՛ւ խեղճ, դո՛ւ անզոր, ի՞նչ պիտի անես:

Մարդն այս աշխարհում, ինչպես մի թռչուն
Անդուռ ու անել մեծ վանդակի մեջ. –
Սի՛րտ իմ, զազազիս, ին՞չ պիտի անես
Անդուռ ու անել այս վանդակի մեջ:

Մարդ ծընված օրից զերեզմանի հետ
Շըղթայված է պիրկ, ո՛ւր էլ որ երթա. –

Մի՛ րտ իմ գազազիս, ի՞նչ պիտի անես,
Ո՞ւր պիտի թռնիս թևերիդ շղթա:

Տոկա՛, համբերիր, ի՛մ վիրավոր սիրտ,
Վըճիտ հայացքով աշխարհին նայի՛ր.
Աշխարհը իրեն ճամփով կընթանա,
Է՜յ, վիրավոր սի՛րտ, դու մի՛ գազազիր...

***

Իմ հոգին տարագիր մի թռչուն՝
Մրրըկով զարնված, թևաթափ.
Հողմերն են հեգ գլխիս շառաչում,
Եվ ուղիս անհատնում և՛ անափ,

Դու բյուրեղ բարձունքում մի երազ՝
Լուսազարդ և՛ քնքուշ, և՛ գողտրիկ,
Մի երազ սրբափայլ և անհաս,
Հավիտյան հեռավոր մի աստղիկ:

Ա՜խ, նայիր մի անգամ ինձ վրա
Քո անդորր և քո խոր աչքերով.
Հայացքիդ ծովի մեջ գեթ մի պահ
Թող հանգչեմ սրտիս հուր – տենչերով:

Իմ հոգին վիրավոր մի թռչուն,
Չունի բույն, չունի քուն ու անդորր.
Հողմերն են հեգ գլխիս շառաչում,
Եվ ուղիս սև ումութ և մոլոր...

***

Իմ սիրտն այնտեղ է – հայրենի հզոր
Լեռների գլխին, արծիվների մոտ,
Որ ամպերի հետ՝ խրոխտ, ահավոր
Նետում է, շնչում կայծակ ու որոտ:

Դո՛ւք ըմբոստ քաջեր, ռազմիկներ վսեմ,
Անհաղթ իշխողներ մահին ու կյանքին,
Ձեզ հետ է հոգիս, և ներբողում եմ
Եվ երկրպագում ձեր լուսե ուղին:

Դո՛ւք հայրենիքի խիզախ ոգիներ,
Ձեր սպառազեն կուռ բռունցքներում
Սուրբ իրավունքի և ազատության
Անշիջանելի հուրն է բոցկլտում:

Իջե՛ք, մրրիկներ, դա՛շտն ի վար իջեք,
Մարդկության մրուր – նողկանքը սրբեք,
Փշրե՛ք շղթաներ, լծերը ամեն,
Որ կաշկանդել են ազնիվ մեր հոգին.
Անմահ մեր մտքի թևերը բացե՛ք, —
Պայթե՛ք, կայծակներ, պայթե՛ք խստագին:

***

Իմ սիրտը՝ թունոտ, իմ սերը՝ ատող, —
Զզվում եմ, զարշում մարդկանցից բոլոր.
— Հավքերը վայրի՝ շարքերով չչվող
Խորհուրդ են նստել լճի շուրջ – բոլոր:

Ուզում եմ խածել, բզկտել մաչդկանց,
Ուզում եմ թքել բոլորի վրա.
— Շարժում են ահա թևերը անսանձ,
Թռչում են վայրի հավքերը ահա:

Վերցրե՛ք ձեզ ինձ հետ, քաշ տվե՛ք ձեզ հետ,
Մարդկանց երեսից տարեք ինձ հեռո՜ւ.
Տարեք, զգե՛ք ինձ, կորցրե՛ք անհետ
Հեռո՜ւ անապա՜տ ու ծովե՜ր հեռու ...

***

Իմ սիրուն մանկիկ, ննջում ես մուշ – մուշ,

Բարձին ցան ու ցիր մազերդ քնքույշ,
Ոսկի ժպիտ է խաղում շրթունքիդ,
Ոսկե երազ է համբուրում հոգիդ:

***

— Ի՞նչ պիտ լինեմ կյանքից հետո,
Հարցում արի ես բնության:
— Ինչ որ էիր կյանքից առաջ, —
Այսպես տվեց ինձ պատասխան:

ԻՄ ՆԻՐՎԱՆԱՆ

Ես ապրում եմ մեն – մենավոր
Այս լռանիստ անտառում,
Իմ հյուղակն է թավուտի մեջ,
Ուր երգում է ջինջ առուն:

Ես խորհում եմ ներանձնացած
Լռության մեջ գերանդորր,
Հոգիս՝ զվարթ, սիրտս՝ հանգիստ,
Ջերծ կրքերից բռնավոր:

Եվ բնության ծիրերից դուրս,
Անհունի մեջ անուրջի,
Ես ապրում եմ հավերժաբար
Առանց վշտի ու տենչի:

***

Լուռ գիշերին հեռու տեղից
Մի երգ հասավ իմ սրտին,
Այն ո՞ւմ սիրտն էր՝ սեր ու թախիծ
Բերեց, փարեց իմ սրտին:

Կարոտներով հյուսված երազ
Բուրեց երգը թախծագին, —
Ե՛կ, ընկե՛ր իմ, անհայտ, անհաս,
Սուրբ սեր ծփաց իմ հոգին:

***

Լուսինն, ինչպես քընհատ կարապ,
Ծով – երկընքում կըլողա,
Լուսնի բակը, ինչպես փըրփուր
Թույլ ու թալուկ կըշողա:

Ձայն – ձուն չըկա, սիրտս է միայն –
Մեծ լըռության վեհ լեզուն՝
Տիեզերքը գըրկած համայն –
Զանգի նըման ղողանջում …

***

Լուռ գիշերին մտքիս դիմաց
Շա՜տ ստվերներ ժողվեցան. –
Ընկերներըս՝ մեռած, կորած,
Հոգուս խորքով անց կացան:

Նրանց աչքերն՝ անհույս, անսեր,
Սրտիս խորքը նայեցին, —
Խոր վերքի պես սիրտըս բաց էր,
Նրանք այնտեղ սուզվեցին …

***

Լալկան ուռին մեղմ կը խշշա
Ծովի ափին, ժեռ ափին,
Լուռ թառեր է ճուղքի վրա
Վա՛յրի, տխուր աղավնին:

Աչքը զգած հեռո՜ւ տեղեր,
Աղավնին խոր կըթախծե …
Ա՜խ, հասկացա – վայրի՛ ընկեր,
Բախտդ իմիս նման է,

Քեզ էլ դաժան հյուսիս քամին
Ինձ պես արավ բնավեր.
Ընկավ, կոտրավ հպարտ կաղնին. –
Հյրենիքիս սրբանվեր:

Արի՛, ընկեր, իրար հյուսենք
Մեր սրտերն ու երգերը –
Հպարտ, մենակ յո՛ւր թափառենք
Այս ժեռ, օտար ափերը …

***

Լավ օրերիս երգը մոռցած
Ուրտի՞ց հանկարծ հիշեցի.
Հուզեց, այրեց սիրտըս մարած
Երգը սիրած վացեսի:

Եվ ուզեցա ծովափն ելնիմ,
Հեռո՛ւ, հեռո՛ւ մարդկանցից.
Մենակ ընկնիմ վայրի ափին
Եվ լամ անհո՛ւյս, թախծալի՛ց …

***

Լըսում եմ ողղանջն տիեզերական,
Ոգիս բացվում է անծիր թևերով.
Անծիր թևերս գըրկում են համայն
Աշխարհե – աշխարհ և ծովերե – ծով:
— Բացե՛ք դարպասներն ձեր պալատների,
Ոգու հարության լույսն եմ ձեզ բերում,
Ես եմ զեփյուռը անապատների,
Եվ վառ ճաճանչը մըռայլ ամպերում:

Եվ մարգարեի հուրն է իմ կըրծքում,
Սուրը իմ ձեռքում, բարբառըս՝ ազատ.
Եվ ինձ հավիտյան անմահ եմ զգում,
Եվ երկրի վերա քայլերըս՝ հաստատ ...

***

Լազուր երկնքով ամպեր են անցնում,
Ու սալվի ուռին կուլա գետափին.
Ամպերի շուքը դաշտերն է ծածկում,
Սիրտս կրծում է կսկիծը խորին ...

Վառ արևն հանգավ սրերի հետքում,
Մութը թևերը փռեց ամեն դին.
Անգյուման դարդը սիրտս է մաշում,
Ա՜խ, ծաղիկ թոռմար, ընկե՛ր իմ անգին ...

Ո՞ւր ես, հոգի ջան, չկա՞ս դու հիմա, —
Հողերուն հավսար ու անգերեզման.
Ա՜խ, քամին հիմա վերադ կըսգա,
Դու չե՞ս իմանում, ազի՛զ ընկեր ջան ...

***

Լեռները՝ դալար, հպարտ հորձանքով
Շարվել են շուրջըս – այնպե՜ս լո՛ւռ, լազո՛ւր.
Գարունն է բուրում այնտեղ վարդերով
Եվ ղողաիջում են ակներ ու աղբյուր:

Աստղերն են երգում սրտիս խորքերում,
Հոգիս լցվում է գարնան բույրերով.
Գարնան բույրերով երգերս են զնգում,
Եվ արտասվում եմ՝ քեզ երազելով ...

***

Լուռ պարտեզում սըրտատըրոփ, սիրատենչ
Իմ նազելուն սպասում եմ այս գիշեր.
... Շըշուկ ընկավ ահա վարդի, ծաղկանց մեջ.
Ծըփծփացին շուրջս մետաքս զառ փեշեր.
Իմ նազելուս շունչը քնքուշ ինձ շոյեց,
Կարոտավառ հպարտ կրծքին փարվեցի.
Ծով – մազերի բույրը անո՛ւշ ծավալվեց,
Աստղ – աչերին համբույրներըս վառեցի.
Շըրթներիցըս ալ – արյունը կաթկաթեց
Եվ բախտավոր, և երջանիկ լացեցի ...

— Վա՛յ, քեզ, թըշվառ, ցընորքների խեղճ տըղա,
Ոչ ո՛ք չունիս, ոչ ո՛ք չըկա՝ քեզ մոտ գա ...

***

Լեռների լանջում, ծանըր հողի տակ
Ես թաղված էի՝ մեռա՛ծ, մոռացվա՛ծ.
Ու վաղո՛ւց, վաղո՛ւց անհա՛յտ, լո՛ւռ, մենա՛կ
Ես ննջում էի հոգուս մեջ սուզված:
Եվ հանկարծ մի օր լսեցի հեռվից
Մարտահրավերը վեհ ազատության,
Ըմբոստ ամբոխի ձայնը մրրկալից,
Երգե՞ր մարտական, շեփո՛ր ռազմական,
Վառ դրոշակի խրոխտ ծածանում,
Զենքի շառաչյո՛ւն, ձիերի դոփյուն,
Քայլե՛ր առնական
Հողիս մոտեցան,
Եվ դողաց ահա՛,
Եվ թեթևացավ
Հողը իմ վրա.
Եվ սիրըս լըցվեց այրվող արյունով,
Ուզեցի ելնել, նժույգն ամեհի
Խըթանե՛լ, թըռնե՛լ, շառաչե՛լ զենքով,
Կըռվե՛լ ու մեռնե՛լ դաշտերում ռազմի ...

***

Լուսնյակ գիշեր, լույս – ուրու
Շղարշային ու սնդուս.
Շշնջում են իրարու
Բարդիներս հինավուրց:

Եվ կարծես թե՝ հեռավոր
Այն օրերն են շշնջում,
Երբ քո սիրով բախտավոր՝
Տանջվումէի տոչորուն:

Շշնջացե՛ք հավիտյան
Հին սոսափով դյութական.
Բարդիներս հինավուրց,
Շշնջացե՛ք հավիտյան …

***

Լա՜ց, իմ նազելիս, լա՜ց դա՛ռն ու անհո՛ւն,
Աշխարհի վերքին չըկա դեղ - դարման.
Ի՞նչ է մեր կյանքը – բոց մի փայլփլուն՝
Հողմերի առջև ահեղ բնության:

Ե՛վ սեր ու երգեր, և՛ փառք ու հանճար
Սին պատրանքներ են մահը մոռնալու,
Եվ մարդը՝ դժբախտ, անզոր ու անճար՝
Ծնված է մահին պատառ դառնալու:

Հավիտենական, անծիր, անսահման
Խավարների մեջ, կյա՛նք, դու ես մի լույս,
Որ մի պահ շողաս, մարիս հավիտյան, —
Լա՜ց, իմ նազելիս, լա՜ց դա՛ռն ու անհո՛ւյս:

Իմ սիրտը նման բացված խոր վերքի,
Որ տիեզերական կսկիծն է լալիս.
Լալիս է դարեր առանց արցունքի, —
Ա՜խ, հեզ գլուխըդ դի՛ր վշտոտ կրծքիս:

Դի՛ր անհույս սրտիս գլուխըդ ու լաց,
Ամենքի բախտը լա՛ց, իմ նազելի՛ս.
Լա՛ց, — և արցունքդ դեռ չըցամաքած՝
Դուռդ կըբախե մահը, նազելի՛ս …

***

Լորիների տակ,
Մտորում եմ լուռ.
Հեռուն մի ջութակ
Հեծում է տխուր:

Մութի մեջ, ասես,
Իմ բախտի վրա
Անուշիկ մոր պես
Արտասվում է նա:

Անողոք մի ձեռք
Ծանրացավ վրաս,
Փշրեց սեր ու երգ,
Գարուն ու երազ …

Լորիների տակ
Մորմոքում եմ լուռ.
Հետս մի ջութակ
Լալիս՝ տխուր …

***

Լուռ է ու խավար,
Ասես՝ ողջ աշխարհ
Դարձել է միայն
Աննյութ գաղափար:

Բայց հանկարծ մի ձայն
Ականջումս հնչեց.

Այդ մա՞յրս էր արդյոք
Իմ բախտը հիշեց
Իր սուրբ աղոթքում.

Թե՞ իմ վաղուցվա
Սերս էր կաթոգին,
Անունս ակամա
Դողաց շրթունքին …

***

Լուսնյակ գիշերին քայլում եմ մենակ,
Նիրհել են դաշտեր, լեռներ ու ծմակ:

Լճակներն անթարթ ու բաց աչքերով
Քնել են անդորր, անհույզ, անխռով:

Առանց դարմանի այրող ցավ ու վերք
Ճակատիս գրեց մի չարաղետ ձեռք:

Դառնությունները վըրաս ծանրացան,
Մնացին վըրաս, օրեցօր շատցան:

Լուսնյակ գիշերին շրջու եմ անքուն,
Ցավերըս անգութ սիրտս են կեղեքում:

***

Ծաղիկ էի նորաբողբոջ,
Սարի լանջում, երկնի տակ.
Ինձ կըդյութեր առվի խոխոջ,
Ինձ կողջուներ արեգակ:

Գիշերները՝ աստղ ու լուսին
Վար կիջնեին երկնքեն,
ՈՒ հեքիաթներ ինձ կասեին
Կախարդական, ոսկեղեն:

Գառների հետ լուսածագին
Եկար սարը, ջա՛ն աղջիկ,
Ինձ քաղեցիր, դրիր անգին
Կրծքիդ վրա գեղեցիկ:

Այնտեղ շքեղ՝ ես ապրեցա
Երազներով երջանիկ.
Սերըդ դավեց ինձ, սևաչյա՛,—
Ես չորացա, ա՜խ,աղջիկ…

* * *

Ծովի ծոցից վայրի մի բադ
Թըռավ, նըստավ ժեռ ափին.
Երգեց հըպա՛րտ, երգեց զըվա՛րթ,
Լուռ օրօրեց իմ հոգին …

Երնե՜կ, ես էլ քեզ պես, ա՜խ, բա՛դ,
Լինիմ անվիշտ ու վայրի.
Երգեմ զըվարթ, թըռնիմ ազատ՝
Իշխան լազուր վայրերի …

* * *

Ծովն ալեկոծ, սանձակոտոր,
Իր քար շըթներն է կրծում.
Ա՜խ, իմ վիշտը՝ մի չար ուրուր,
Սիրտս է անդուլ քըցըցում:

Գնա՛մ, գնա՛մ, կորչեմ անդարձ,
Փոթորիկի մեջ ընկնեմ,
Անդունդներին խեղճ սիրտըս տամ,
Չար ուրուրից ազատվեմ:

Թող ինձ ծովը նետե ափին,
Ափին հեռո՛ւ, հեռավո՛ր,

Սիրտըս անվիշտ՝ անզարթ քնիմ
Ափին մենա՛կ, մենավո՛ր ...

***

Ծամերդ հյուսել՝
Կանգնել ես կալը,
Օրըս սև արել՝
Կապել ես ալը:

Փշերն ինձ թողիր,
Դու քաղիր վարդը,
Դու սիրտս զըցիր
Էս դժար դարդը:

Սարեսար արիր,
Ու դադար չունիմ,
Դարդամահ արիր,
Անունիդ մեռնիմ ...

***

Ծաղկունքը զարնան
Ինձ վառ սեր բերին:
Ծաղկունքը զարնան
Միրուս հետ թոշնան:

Ու շիրմիս վըրեն
Կըբացվի նորեն
Ծաղկունքը զարնան ...

ԵՂԲՈՐՍ ՈՐԴՈՒ՝ ԻՍԱՀԱԿ ԻՍԱՀԱԿՅԱՆԻ

I

Ծառիս վրա մի փոքր թռչուն՝
Կտուցն առած թևի տակ՝
Կուչ է եկել ու հառաչում,
Ա՞յնպես տխուր ու անհույս,
Ասես՝ առել բերել է ինձ
Վերջին խոսքը սիրելուս …

Ու լսում եմ խոսքը տրտում.
Սրտիցս արյուն է կաթում …

II

Միշտ երկներկիր,
Ինձանից հեռու,
Թափառում էիր,
Երբ ողջ էիր դու:

Բայց մոտըս եկար
Քո մեռած օրեղ.
Հիմա անբաժան
Շրջում ես ինձ հետ:

III

Մաղում է անձրև՝
Սրտամա՜շ, տրտո՜ւմ.
Անձրև՜ ու անձրև՜,
Դանդա՜ղ անդադրո՜ւմ:

Ա՜խ, հիմի, հիմի
Ի՞նչ ցուրտ է ու թաց

Մութում քո շիրմի
Իմ սրտիս սիրա՛ծ …

Հոգուս մեջ դարձար
Դու մի այրող վերք.
Ես քեզ մոռանալ
Չեմ կարող երբե՛ք:

Ու աշնան մեգում
Կանգնել եմ անհույս,
Անհույս հեկեկում
Անունըդ անո՛ւշ …

IV

Աչքս ճամփիդ ծովացած՝
Կարոտդ սիրտս էր այրում.
Այցի եկար դու հանկարծ
Ինձ այս օտար աշխարհում,

Դեմքդ քնքուշ ժպիտով,
Ինչպես մանուկ երեկվա,
Գիրկս ընկար կարոտով,
Իմ անուշիկ երեխա՛ …

Այդ ինչքա՜ն ես մեծացել,
Պարթևական ինչ հասակ.
Ի՜նչ շքեղ ես, գեղեցիկ,
Գարնան կանաչ արեգակ …
Հաղթանակից ես եկել,
Ոսկեզրահ, քաջաձի
Ա՜խ, քեզ շատ եմ կարոտցել,
Մոտս կեցի՛, մի դարձի …

Սո՜ւտ է, հոգի՛ս, թե հիմի,
Մարմարե ձյունն է ծածկում
Հողաթումբը քո շիրմի, —
Դու իմ մոտս ես, իմ գրկում:

Ճակտիդ վրա, աստղի պես,
Պստի՛կ, պստի՛կ մի վերք կա …
Թո՛ղ համբուրեմ՝ լավանա,
Դու, իմ կտրիճ երեխա՛ …

***

Ծառերի վրա աշունը դալուկ
Հրճճում է մեղմիկ մի դեղին նըվագ՝
Թախծոտ ու անո՜ւշ …

Լեռների վրա ձյունել բարակ,
Ուր, կարծես, իրենց փետուրը քնքուշ,
Նետել են գաղթող հավքերը ճերմակ …

Ի՞նչ ես սպասում, սի՛րտ իմ ծարավի,
Սերերիդ անցած չըկա՜ վերադարձ.
Նստի՛ր մեկուսի բաժակիդ առաջ,
Հուշե՛րըդ զգվիր և լա՛ց մեկուսի …

***

Ծաղկավառ ուղին գնում է կրկին,
Ուր լույս – թևերով ճախրում էի ես՝
Երազելով քեզ, հավերժական կին,
Ծաղկավառ ուղին գնում է կրկին …
Եվ նրա ափին կանգնել եմ մոլոր
Եվ բեկված կյանքով, տխուր – տխրագին:

Ծաղկավառ ուղին գնում է կրկին,
Եվ լույս – թևերով ճախրում են նրանք՝
Երազելով քեզ, հավերժական կին …

***

Կուզե՞ս լինիմ վշտի ցողեր՝
Աչքերիդ մեջ շող ցայեմ.
Լուռ գիշերվա անուշ հովեր՝
Փունջ ծամերդ փայփայեմ:

Կուզե՞ս լինիմ վարդ – նազելի՝
Կրծքիդ վրա վառվռիմ.
Արշալույսի շողեր ոսկի
Դեմքիդ վրա փայլփլիմ:

Կուզե՞ս լինիմ ծառ ու ծաղիկ՝
Քեզ գրկումս նինջ սփռեմ.
Թալուկ ստվեր, թռվիչ թռչնիկ,
Օրոր ասեմ, օրորեմ:

Ինչ որ ցանկաս՝ կուզե՞ս լինիմ,
Լինիմ երկինք ու երկիր,
Լինիմ ծով, ժայռ, արև, լուսին,
Միա՛յն, միա՛յն ինձ սիրի՛ր...

***

Կենսական ծովի հույզերի միջին
Ես ժայռի նման կանգնած եմ ամուր.
Կայծակն է զարկում իմ վես ճակատին,
Ես ժայռի նման կանգնած եմ ամուր:
Հողմ ու փոթորիկ շուրջըս են հածում,
Ես ժայռի նման կանգնած եմ ամուր:
Գոռ ալիքները կուրծքս են ծեծում,
Ես ժայռի նման կանգնած եմ ամուր:
Ինձնի՛ց բռնեցեք, խորտակվող մարդիկ,
Ես ժայռի նման կանգնած եմ ամուր,
Ձեր խարիսխները ոտքիս տակ ձգեք,
Ես ժայռի նման կանգնած եմ ամուր:

***

«Ա՜խ, կանանչներ, դուք արներես ելաք,
Յարաբ բալես ե՞րբ կելնի բանտեն…»

Կըռունկները շարա՜ն – շարա՜ն
«Կը՜ռռ, կը՜ռռ» կանչին ու եկան.
«Գարունն եկա՜վ, գարունն եկա՜վ»
Անուշ կանչին ու եկան…

—«Ջա՛ն, ջա՛ն, մեռնիմ ձեր ձենիկին,
Ա՛յ կռունկներ, նըխշուններ,
Յարա՛բ տեսա՞ք իմ բալիկին,
Յարա՛բ խաբար չե՞ք բերել:

Բալիս կապին, բանտը դըրին,
Տարին եկավ, բոլորավ,
Խաբար չունիմ, դադար չունիմ,
Աչքս ճամփին ծով կըտրավ:

Գարունն եկավ, — արներես
Ելան ծիլ ու ծաղիկներ.
Ա՜խ, յարաբ ե՞րբ ազիզ բալես
Կելնի բանտեն, կըռունկնե՜ր…

Կըռունկները շարա՜ն – շարա՜ն
«Կը՜ռռ, կը՜ռռ» կանչին ու եկան,
«Գարունն եկա՜վ, գարունն եկա՜վ»…
Անուշ կանչին ու անցան…

***

Կյանքըս դալար ու լալազար,
ոսկի օրերս ո՞ւր գընացին.
Իմ գարունքվա, զառ գարունքվա
վառ ծաղիկներս ո՞ւ գընացին.
Սրտիս լարերն մեկ – մեկ կըտրան,
բլբուլներըս ո՞ւր գընացին.

Երազներըս   կանանչ – կարմիր,
արեգակներս ո՞ր գընացին:

Գոհար - աստղունք իմ սըրտի մեջ
շողք տըվեցին ու շո՛ւտ մարան,
Հովերի հետ վարդեր գըզվող
խաս թևերըս մատաղ կոտրան.
Խորունկ սիրտըս հուր – հընոց էր,
սերս ու երգըս բոցի նըման,
Հիմի կյանքըս մութ ու ձըմեռ,
արեգակներս ո՞ւր գընացին:
Սրտի մեջն է կյանքը մարդուս,
սիրտն որ կոտրավ, կյանքն ի՞նչ պետք է.
Սերըս մարավ, աստղը սրտիս,
աստղըս մարավ, սիրտն ի՞նչ պետք է.
Ազիզ մի սիրտ սերըս կուզեր,
փուչ աշխարհը անկամորդ է.
Մանկուց ապրա ծարավ – պապակ,
արեգակներս ո՞ւր գընացին:
Ա՜խ, աշխարհը տուն է սըգի,
հիմքը նըրա մահի վըրա.
Մարդն հողեղեն խեղճ ճիճու է,
հողի վրա միշտ պիտ սողա.
Թե թագավոր անհաղթ լինի,
տերնի պես միշտ պիտ դողա,
Խելքը մարդուս ցավ ու ցեց է,
արեգակներս ո՞ւր գընացին:
Ա՜խ, սարեսար ու դարբեդար՝
Դարդըս առնիմ, մենակ ման գամ,
Ու ծովեծով էս աշխարհով
շվաքի պես տըխուր ման գամ.
Ընկեր գըտնիմ, սիրտըս բանամ,
Դարդըս ասեմ, ու կուշտ մի լամ,
Ընկերներըս վա՜ղ են մեռել…
արեգակներս ո՞ւր գընացին:
Երթամ, մըտնիմ անապատը,
ժեռ քարերը սիրեմ, գըրկեմ,
Սն քարերին գլուխըս չոր
թեքեմ անհույս, խոր միտք անեմ.
Ու պատանքըս հետըս ման տամ,
գերեզմանըս ինքըս փորեմ,

Կյանքս թըռավ, օրըս հասավ,
   արեգակներս ո՞ւր գընացին:

***

Կուզեի լինել գարնան արեգակ,
Չքնաղ վարդերով կուրծքդ պճնեի,
Անդորր սրտիդ մեջ վառեի կրակ,
Մութ աչերիդ մեջ պայծառ շողայի:

Կուզեի լինել երգող շատրվան
Եվ երազներդ լուռ օրօրեի,
Կամ թե շողշողուն ոսկի ծիածան
Շուշան ճակատիդ պսակ հյուսեի:

Կուզեի լինել ալիքը ծովի
Եվ ոտներիդ տակ մեղմիկ հնայի,
Կամ թե լեռների բուրմունքը հովի
Փարթամ մազերդ շոյելու գայի:

Կուզեի լինել երկինք աստղավառ
Քեզ, ինչպես երկրի շուրջը, պատեի,
Հազար ու հազար աչքերով զոհար
Քեզ դյութված, արբած հավերժ նայեի:

***

Կյանքի ժխորից մտա անապատ.
Գիշերը եկավ, բազմեց փառավոր,
Եվ հոգնած հոգիս մեղմիկ ու հանդարտ
Գիշերը գրկեց …
Աստղերը երկնի անհուն խորքերից
Անհուն հայացքով զարթնեցին նորից:
Եվ խաղաղ, անդորր մի խոր լռություն
Սուրբ անապատում փռվեց, ծավալվեց,
Պահ՝ խորհրդավոր և հանդիսավոր –
Եվ հոգիս հալվեց վեհ լռության մեջ …

***

Կյանքի կռվում ամենքը դեմ ամենքին՝
Սուր են սրրում ամենքը դեմ ամենքին:

Սուրն իմ ձեռքից՝ կռվի հանած ընկավ վար,
Ես չեմ կարող մտնել պայքար անարդար –
Խլել բերնից արնոտ հացը աղքատի,
Վառ քրտինքը ծըծել տանջված ճակատի...

Սուրն իմ ձեռքից՝ կռվի հանած ընկավ վար,
Ես չեմ կարող մըտնել պայքար ինձ համար...

***

Կեռասենին ծաղկեց կրկին,
Ծավալվեց բույր ու զեփյուռ.
Բլբուլն երգեց վարդի գրկին,
Կարկաչեցին ակն – աղբյուր,

Իր լարն ունի թուփ ու թռչուն,
Ամեն մի ծիլ ու ծաղիկ,
Բյուր – բյուր լարով զարնան լեզուն
Նորից խոսեց գեղեցիկ:

Ես լսում եմ ու հավատում
Նորից զարնան հեքիաթին.
— Ո՞վ էր՝ հնչեց իմ սրտում
Սիրո զմուխտ մեղեդին ...

***

Կնոջն ուզեցի հավատալ նորից,
Լալ ու երազել առաջվա նըման.
Բայց արյունոտվեց խեղճ սիրտըս նորից.
Եվ որբ մնացի և թափառական:

Մե՛ր, մնաս բարով, էլ քեզ չեմ նայի,
Չեմ բախի դուռըդ ունայն քամու պես.
Բայց կուզենայի հավիտյան լայի,
Եվ չըցամաքեր արցունքը սրտես:

***

Կըտեսնեմ ահա, — լուռ երեկոյին
Բարակ ծուխ կելնի իմ հոր օջախեն.
Եվ ուռիներս մարմանդ կօրորվին,
Շըրիզը կերգե անտես խորշերեն...

Մեղմ ճրագի տակ նստել է տխուր
Ծերունի մայրս՝ մանկիկս գրկին. –
Մուշ – մուշ քնել է մանկիկս՝ անդորր.
Ու աղոթք կանե մայրիկս՝ լռին. –

«Ամենեն առաջ թո՛ղ ինքը հասնի
Ամեն հիվանդի, հեռո՛ւ ճամփորդի.
Ամենեն հետո թո՛ղ ինքը հասնի
Քե՛զ, իմ խեղճ որդի՛, իմ պանդուխտ որդի»:

Անո՜ւշ ծուխ կելնի իմ հոր օջախեն,
Մայրս կաղոթե՝ մանկիկս գրկին.
Շըրիզը կերգե անտես խորշերեն
Եվ ուռիներս մարմանդ կօրորվին...

***

Կարծես՝ երեկ էր,
Ես մանուկ պայծառ,
Թռվռում էի դալար ծառն ի վեր:
Եվ սակայն այսօր մռայլ է հոգիս.
Ճնշում է մի ձեռք հոգնած ուսերիս:

Բայց դեռ երեկ էր՝
Սրտով սիրավառ

Ես փնչում էի երազ ու երգեր,
Եվ այսօր արդեն անցել եմ ուղիս.
Ճերմակն է հյուսվում իմ սև մազերիս:

Երեկ գարուն էր,
Աշուն է այսօր.
Ե՞րբ դեղին դարձաք,
Կանա՜չ տերևներ ...

ԿՏԱԿ

Սիրուն մանկի՛կ, ես գնում եմ, դու գալիս ես այս աշխարհ.
Ճշմարիտն ես փորձով գիտեմ ու խոսքերս մի՛ մոռնար:

Կյանքն է ամպի փաղչող ստվեր, վայրկյանն է միշտ
իրական.
Բախտի կոանը կամքն է թեև, բայց դիպվածն է տիրական:

Զգացմունքն է գերիշխանը, խելքը՝ նրա լոկ ծառան.
Բայց դո՛ւ խելքդ վրադ պահի՛ր, ինչպես պողպատ կուռ
վահան:

Մի՛ հավատար ստվերներին, հենվի՛ր միայն քեզ վրա,
Ատելու չափ սի՛րիր մարդկանց, բայց լավություն միշտ արա:

Եվ լայն օրում թե՛ ընկերներ, թե բարեկամ ճանաչի՛ր.
Իսկ նեղ օրում ընկերների ո՛չ որոնիր, ո՛չ կանչիր:
Խաղերով լի այս աշխարհում խաղդ եթե տանուլ տաս,
Զվարթ եղի՛ր, ու այդպիսով բախտի վրա կըխնդաս:

Անվախ ու վեհ դեկդ վարե անծանոթին դեմ – դեմի.
Անզղջալի առաջ գնա՛, ինչ որ լինի՛, թո՛ղ լինի:

Լսի՛ր, տղա՛ս, ինձ կթաղես անհայտ մի տեղ, աննշան,
Որ չիմանան, մարդիկ չգան՝ շիրմիս քարը գողանան:

***

Հոգի կուտամ, հոգի տու՛ր ինձ,
Իմ նազելի աչազեղ:
Սիրտըս – սև արտ, սերդ – ալ վարդ,
Թո՛ղ բողբոջի նա այնտեղ.
Սիրտըս – գիշեր, սերդ – վառ աստղ,
Թո՛ղ շողշողա նա այնտեղ…

***

Հոգնած եմ, անտա՛ռ, հոգնա՛ծ, ուժասպառ,
Խորտակված կրծքումս էլ չի բռնկվում
Հոգիս թըռցնող սերը բոցավառ …
Ա՜խ, մայրի անտառ, քո մենիկ գրկում
Քընել եմ ուզում – անհո՛գ ու անդո՛րր.
Եվ թո՛ղ քո անո՜ւշ, թովիչ սոսափյուն
Խոնջացած հոգուս մըրմընջա օրո՛ր.
Եվ առվի խոխո՛ջ, ծառերի ստվե՜ր
Կախարդեն ուշքըս ինքնամոռացման
Չըքնա՜ղ երազով…

***

Հեռո՜ւ ափերում միտքըս թափառեց
Ազատ ու մենակ թևերը փըռած.
Ժպիտն աստղավառ, կընճիռը մըռայլ,
Ժպիտն աստղավառ, կընճիռը մռայլ,
Ինչպես ստվերներ մըտքիս հետ ընկած.
Հեռո՜ւ ափերում, ժայռերի կըրծքին
Շաչում էր, ծեծկում ծովը մթագին.
Եվ անդունդներից արշավում քամին
Հըպարտ ճակատիս:
Անտառը կաղնի խըշշում էր այնտեղ
Հին – հին դարերի, դալար ազգերի
Անցքերից շըքեղ:

Այնտեղ ցոլում էր երկինքը լազվարթ,
Եվ լազուրի մեջ՝ վրձիտ ու արվարթ՝
Հոգիս վառվում էր – բոցերի ծով էր …
Այնտեղ երգեցի խոհերըս անհուն,
Որ աստղերի պես շաղ էի տալիս
Հեռո՜ւ ափերում …
Եվ ստեղծեցի չքնաղ մի աշխարհ,
Ու հզորն ու վեհ և գեղեցկություն
Իշխում են անմահ, վառվում են պայծառ.
— Այդպես երգեցի հեռո՜ւ ափերում
Թևերըս՝ արձակ,
Ազա՜տ ու մենակ …

***

Հոգնած ծովը՝ փրփուր բերնին,
Ափին ընկած կըհևա,
Ժեռ ափերից մեզը մթին
Ծովի վրա կըսողա:

Վերքը սրտիս՝ անքուն – անտուն
Կյանքից հեռու եմ փախել,
Կուզեմ ապրեմ վայրի ափում՝
Ապրեմ մենակ, անընկեր:

Աստղունք մեկ – մեկ ելան բազման
Երկնի փիրուզ աթոռքում,
Աստղերի պես երգերս ելան
Հոգուս մռայլ խորքերում:
Սրտիս լարերն տրտում – տրտունջ
Թոշնած կյանքըս երգեցին.
Հովը սուրաց մունջ ու մրմունջ,
Աստղունք վրրաս լուռ լացին:

***

Հոգնած նայում եմ քեզ, մելամաղձոտ,

Հայրենի ճահիճ, իմ սիրած մարմանդ.
Ա՜խ, ինչպե՜ս լուռ ես, ինչպե՜ս վե՛հ ու լո՛ւռ.
Ա՜խ, ինչպե՜ս կուրծքդ հևում է հարհանդ.
Եվ եղեգներդ՝ տրտում ու տխուր,
Աղուտներիդ հետ ինձ ողջունում են:

***

Հազա՜ր բարով, հպարտ սարե՛ր,
Թե՛ եմ առեր, ձե՛զ կուզամ.
Արծիվների ձենն եմ լսեր –
Արծիվներին դեմ կուզամ …

Իմ հայրենի՜ք, կապուտ սարե՛ր.
Թշնամու շարք ձեր բոլո՜ր.
Դա՛շտ, անապա՛տ, արնոտ գետեր,
Արազը խոր ու ոլո՜ր …

Հազար ձենով, հազար սրտով
Արծիվների հետ կուզամ,
Հողի՛դ մեռնիմ, հազար սրտով,
Իմ հայրենի՛ք, մերիկ ջա՜ն …

Բարո՜վ ձոզի, դար ու դուրա՛ն,
Բարձրիկ սարեր ու քարե՛ր,
Հազար բարով, հով ու դումա՛ն,
Ծովակ, ծմակ ու ձորեր …

***

Հոգիս մըռայլ էր մըրըրկի նըման,
Եվ ծանր էր վիշտըս, և ես քուն մտա,
— Ինձ տանում էին դեպի կախաղան,
Եվ խոժոռ ճակտիս պըսակ տատասկյա:

Եվ խոսքըս մուրճ էր, և խոսքըս՝ հըրդեհ,
Ես փըշրում էի սըրտերը մարդկանց.

Եվ խոսքըս մուրճ էր, և խոսքըս՝ հըրդեհ,
Ես այրում էի սըրտերը մարդկանց:

Ինձ տանում էին դեպի կախաղան
Սըվինների տակ զինավառ զորքի.
Եվ հետևում էր ամբոխն ինձ անձայն,
Ամբոխը հոգու և նանիր խոսքի ...
Ինձ բարձրացրին դեպի կախաղան
Եվ ճակտիս՝ ցնորք և փսեմ պսակ,
Ամբոխը սակայն թշվառ և ունայն
Խուռըն սողում էր իմ ոտների տակ ...

***

Հասկդ՝ սոս, քայլվածքդ՝ սեգ,
Քեզ սիրումեմ բյուր անգամ.
Թող համբուրեմ մազերդ մեկ – մեկ,
Մեջքիդ բոլոր փաթութ գամ:

Կարոտըդ ինձ խենթ դարձրեց,
Փոթորկի չափ խելագար.
Խենթ բոցերում ես ծով – ծարավ՝
Թափառում եմ սար ու քար:

Այրվում եմ ես արևի պես,
Հուր ու կրակ եմ անշեջ,
Թող գրկիդ մեջ հոգիս տամ ես,
Սերըս քամեմ հոգուդ մեջ ...

***

Հիմա հեռավոր, վեհ Հիմալայան
Այն երկնասըլաց, վես բարձունքներում.
Հախուռըն, ինչպես ալեկոծ օվկիան,
Հոծ, սոսկավիթխար ամպերն են եռում:

Եվ մրրրկահույզ ամպրոպն է պայթում
Ժայռերին խոժոռ, ահեղաղորդ,
Բուռըն, խոլական կայծակն է ճայթում.
— Եվ Հիմալայը կանգնած է խրոխտ …

Եվ պայքարի մեջ այդ որոտընդոստ
Այնտեղ է այժըմ և հոգիս ըմբոստ …

***

Հովը բարակ կըշնկշընկա՜,
Վարդը անուշ կըբուրե, —
Տար վարդի մոտ, սերըդ քնքուշ,
Գիրկըդ առ ու համբուրե:

Ու մի օր էլ հովը կուգա,
Քեզ կըփնտրե, չի գտնի. –
Խելքդ ժողվե, քու օրն արա,
Ինչ որ լինօ – թող լինի:

ՀԱՅԻ ԵՐԳԸ

Գովք եմ երգում ցամաք հացին,
Փշրանքներին չոր հացի, —
Փշրանքներին, որ մնացին
Լի աշխարհից փայ ինձի …
Արյուն ու քրտինք ծով – ծով թափեցի,
Ոսկի արտերում արևի բոցին,
Եվ անձրևի չափ արցունք թափեցի
Ու արյուն – քրտինք՝ ի սեր չոր հացին:
Կալիս միջին շեղջ – շեղջ ցորեն,
Քյոխվեն եկավ, խարջ ու խարաջ
Հաշվեց, չափեց, քաշեց տարավ
Իմ աչքի լուս – ոսկի ցորեն.
Աղան եկավ, ոտքը զարկեց,
Հաշվեց, չափեց, քաշեց, տարավ

Իմ աչքի լույս – ոսկի ցորեն.
Խաչ ու տերտեր, աղքատ, աշուղ,
Բոշա, դերվիշ, հավք ու թռչուն՝
Ամենքն եկան, իրենցն առան, —
Ես մնացի աղքատ նորեն, —
Ձեռքս ծոցիս՝ մերկ ի մորեն.
Ձեռքս ծոցիս՝ կուտ կըմուրամ
Իմ քրտինքով շեղջած ցորնեն.
Հերի՜ք մնանք աղքատ ու զուրկ,
Մեր խողճ խելքի կորածն ենք մենք. –
Մենք ենք դատել, մերն է հացը,
Մեր քրտինքի տերը մենք ենք.
Մենք ենք լցրել ամբար, մառան
Աղին, խանին, իշխանին.
Մենք մեր ձեռքով լուծ ենք շինել՝
Լուծ ենք դրել մեր վզին …
Ե՜լ. Աշխատավոր, ստրուկ ժողովո՜ւրդ,
Եվ լուծդ քցի՜ր, եղի՜ր ինքնիշխան.
Քրտինքիդ տերը մենակ դու եղի՜ր,
Մեկեն կըկորչեն աղա, խան, իշխան.
Ազատությունն է հացն այս աշխարհում,
Երգեցե՜ք զովքը ձեր հալա՜լ հացին:
Հացն է, իմացե՜ք, ազատությունը,
Երգեցե՜ք զովքը ձեր հալա՜լ հացին.
Առա՜ջ գնացեք, աշխատավորնե՜ր,
Երգելով զովքը ձեր ազա՜տ հացին.
Հացն է լո՜ւյս ու զե՜նք, ուժ ու իրավունք,
Երգեցե՜ք զովքը ձեր արդա՜ր հացին,
Ձեր ազատության – ձեր հալա՜լ հացին …

***

Հեռավոր ծովի լռիկ ափերում
Խոր վերքը սրտիս ընկած էի ես.
Անզրղն էր ժայռին կտուցը սրում,
Շուրջս ամայի՝ գերեզմանի պես:

Եվ տեսնում էի զմրուխտ ջրերով
Մի նավ էր սահում օրոր ու շորոր.

Բախտի հովերով, ծուփ – ծուփ թևերով՝
Գրգվելով նիրհած ալիքներն անդորր:

Եվ երգում էին ոսկեղեն նավում,
Երբեմն ուրախ՝ անունըս տալիս,
Բայց մեկը տխուր ինձ էր երազում,
Անուշ աչերով վրաս էր լալիս …

***

Հեծկլտող քամին, հեծկլտող քամին,
Թևը վիրավոր,
Եկավ ու փարվեց, եկավ ու փարվեց
Սրտիս վիրավոր …

Ես բախտի բույրին, ես բախտի բույրին
Կարոտ մնացի.
Սիրո համբույրին, սիրո համբույրին
Ծարավ մնացի:

Օրըս լալազար, օրըս լալազար
Մանկուց սնացավ.
Ա՜խ, երազներիս, ա՜խ, երազներիս
Գարունը անցավ …

***

Հայրենի գետի զմրուխտ ափերին
Մեր հին տնակն է կքել մենավոր.
Ա՜խ, ես հեռավոր ճանապարհներին
Քայլում եմ հիմա մենակ ու մոլոր:
Շաչում է ահեղ՝ իմ գլխի վրա
Աշնան ցուրտ քամին այս մութ գիշերին …
Վառվո՞ւմ է արդյոք օջախս հիմա
Հայրենի գետի զմրուխտ ափերին …

***

Հայրենի աղբյո՛ւր,
Երգերս վրձիտ
Հյուսել կուզայի
Բյուրեղ կարկաչիդ:

Ես հիմա այնպե՞ս
Հոգնած եմ ու լուռ, —
Դո՛ւ հավերժ կերգես,
Հայրենի աղբյո՛ւր ...

***

Հայոց գեղջուկի ծավալուն արտե՛ր,
Ավետարանի էջերի նման
Խնկաբո՛ւյր, օծո՛ւն, հավե՛րժ սրբազան,
Թշնամու սրով հասկաբեկ արտե՛ր:

Խոպան մնացիք՝ անտեր ամայի,
Ակոսներիդ մեջ մրրթեց մաճկալին,
Մանուկ հոտաղին, անխոնջ ամոլին
Դարերի դժխեմ ոտխն ամեհի:

Հայոց գեղջուկնե՛ր, եղբայրնե՛ր հոգուս,
Ձեր արյունազանգ արտերի վրա
Դրախտի փառքով պիտի հուրհրա
Մեր ազատության ոսկի արշալույս:
Դուք եք այսօրվան մեր դառն լացը,
Սուրբ նահատակներ աստծո սեղանի,
Դո՛ւք, անմահ սերմեր մեռնող ցորենի,
Դո՛ւք եք վաղորդյան մեր արդար հացը, —

Հայոց գեղջուկնե՛ր, եղբայրնե՛ր հոգուս ...

***

Հայրենիքից հեռու, մի օր,
Եթե մահը զարկե ինձ,
Միևնույն է՝ թաղվիմ ուր որ, —
Մեր մոր գրկումն եմ նորից:

Սակայն, քաղցր է ննջել դաշտում.
Խնձորենու շուքի տակ,
Որ գարունքին շիրմիս ծուփ գան
Ծաղիկները սպիտակ:

Եվ ամառը՝ աղջիկները
Վրաս կանգնեն երգելով.
Քաղեն, լցնեն գոգն ու ծոցը
Կարմի՛ր, կարմի՛ր խնձորով:

Եվ աշունքին՝ սիրուս նման
Մեռած, լացած մի երազ՝
Տերևները դալուկ, դեղին,
Իջնին, մեռնին իմ վերաս:

Երբ ձմեռ գա՝ լռիկ ու հեզ՝
Բյուրեղները ճյուղերեն
Շիրմիս կաթեն արցունքի պես
Մենության մեջ ձյունեղեն:

***

Հարևանիս որդին մեռավ,
Քսան տարու տղա.
Նոր էր ինձնից գիրք փոխ առավ,
Առո՛ւյգ, առո՛ղջ տղա:

Բիլ գիշեր է գարնանային՝
Լուսնով, բույրով օծուն.
Կռթնել եմ ես պատշգամբին՝
Միտքս ցավով խոցուն:

Աչքս եմ հառել պատուհանին
Մահով մթնած խուցի.
Մոմն է վառվում լուռ սնարին,
Դալուկ, առանց բոցի:

Եվ դիտում եմ, անհագ դիտում՝
Շուրջս լցված մահով.
Զարհուրանքն է հոգիս պատում
Անէության ահով:

Եվ աշխարհն է մեռել դառնում՝
Ընկած սրտիս վըրա.
Եվ լուսինը – դալուկ մի մոմ՝
Լուռ սնարին նրա …

ՀԱՅԱՍՏԱՆԻՆ

Դու, երկնամերձ իմ հայրենիք, դո՛ւ, հինավուրց ի՛մ Հայաստան,
Անմահ բանի սպասարկու, խորհուրդ խորին, ի՛մ Հայաստան,
Դո՛ւ, ալնոր տեսիլների ստեղծագործ ի՛մ Հայաստան,
Եվ նոր խոսքի ավետաբեր, հազարավերք ի՛մ Հայաստան:

Սաղավարտներ դրած կանգնած քո լեռներդ կուռ երկաթի,
Արորներդ արյունազանգ՝ արդարության ցորեն արտի.
Երդիկներիդ ծուխերն անուշ՝ նվիրական Նավասարդի,
Հին օրերի երգ սրբազան, սեղան զոհի, ի՛մ Հայաստան:

Քո գետերըդ՝ տեգ սուրացող, ազատատենչ, կամուրջ քանդող
Քաղաքներիդ մոխիրներից ծլած վարդերն արյուն – բուրող.
Շարականներըդ՝ հոգեբուխ, շինականիդ երգը՝ լացող.
Հին սերերի, նոր կարոտի ոսկի բամբիռ, ի՛մ Հայաստան,

Դստրիկներըդ քո փափկասուն՝ անապատի գայլերին կեր,
Որբուկներըդ՝ մերկ ու ծարավ, սովալլուկ, մահի ընկեր.
Բախտիդ վրա՝ ծափ ու ծիծաղ, սփոփանքի ունայն խոսքեր,
Նոր հույսերի, նոր երգերի երազաբույր ի՛մ Հայաստան:

Բարեկամներից վաճառված, անիրավված ի՛մ հայրենիք,
Ոսոխներիդ կըրունկի տակ ավերակված ո՛րբ հայրենիք,

Սարսափներով, եղեռններով հավերժացած հի՛ն հայրենիք,
Արյունից մեջ սուրբ իրավունք, հոգիդ արև, ի՛մ Հայաստան:

Կըռունկներըդ համբավ տանող պանդուխտների աշխարհալած,
Նահատակված տաճարներից զմբեթները երկնասլաց,
Մագաղաթներդ արյունաներկ՝ ձայն հեծության, հառաչանաց,
Հընուց ուխտի վըկայարան, ավանդատուն, ի՛մ Հայաստան:

Ծիրանավոր քաջ – Մասիսըդ՝ սպարապետ քեզ պահապան,
Տերուկներըդ ճակատագրից ճամփաների սուրբ օրինաբան,
Նոյ – Նահապետ աստվածատես՝ ածուներից վեհ այգեպան,
Մանուկներից ու կույսերից արյան հըրնձան, ի՛մ Հայաստան:

Արդարախոս ու մեծասքանչ քո հին լեզվով օրհներգըված,
Լուսավորչի լույս կանթեղով երկինքները լուսերանգված,
Անճառելի ու դարերի տանջանքներով հոգիացած,
Հըրաշափառ քո Հարությամբ՝ նորամանուկ ի՛մ Հայաստան:

ՀԱՅՐԵՆԻՔԻՍ

Ակունքներից հին հայրենի
Ծուխն է ելնում բարի,
Ուղիներով ազատության
Թռչում ես դու արի:

Սալասմբակ թռչում ես դու
Նոր օրերի աստղին,
Հավատարիմ քեզ ուժ տվող
Հին օրերի հողին:
Խոչ ու խութերն թշնամական
Թռիչքդ չեն կասում,
Աշխարհաջահ ճշմարտության
Նոր խոսքեր ես ասում:

Դո՛ւ, հին երկիր, նոր ու պայծառ,
Ի՛մ Ժողովուրդ, ի՛մ հաց,
Արևաթև անմահ թռչուն՝
Հուր ու սրից ծնած …

ՀԱՅՐԵՆԻՔԻՍ

Պիտի փարվիմ չքնաղ լանջիդ՝
Գարնան վարդով ցնծո՛ւն.
Եվ մայրական անհուն շնչիդ՝
Ցոլեն արտով ծըփո՜ւն:

Կանչում ես ինձ լուսաբարբառ
Քո սիրազեղ կոչով՝
Դեմքդ եմ տեսնում՝ նոր ու պայծառ,
Քո հնազեղ ոճով:

Վա՛ռ ու հզո՛ր քո ապագան
Կայծակում է իմ դեմ.
Դո՛ւ հավերժող իմ Հայաստան,
Անուն քա ղցր ու վսե՛մ:

ՀԱՅՐԵՆԻ ԾՈՒԽԸ

Հայրենի՛ հողի վրա եմ նորից,
Նորից մանկական աչքով տեսնում եմ՝
Հավերժից դիտող աստղերն հրեղեն,
Հրաշք է դառնում աշխարհն ինձ նորից:

Ուրախ քրքիջով վազում է կայտառ
Իմ հին խաղընկեր գետակը փայլուն,
Տեսնում եմ նրա զմրուխտ հայելում
Ծաղկի պես ցնծուն՝ պատկերս պայծառ:

Կապույտ երեկոն ա՜յնքան է խաղաղ,
Երգում է ծառից մի հավք սրտագոհ,
Տեսնում եմ՝ հայրս բարի, մտախոհ,
Ծանոթ շավիղով քայլում է դանդաղ:

Ինձ տուն է կանչում ձայնը մայրենի,
Խաղըս թողնում եմ. երեկո է ուշ.
Գգվում է մայրս, ժպտում է քնքուշ,
Մի արևի պես, որ նման չունի:

Վառվել է նորից օջախն հինավուրց,
Ելնում է ծուխը անուշ խընկի պես,
Խոսում են մերոնք … բայց ննջում եմ ես,
Հոգիս պարուրած հեքիաթ ու անուրջ:

Ոչինչ չեմ տենչում այս ծխից ավել,
Ոչինչ, դատարկված այս մերկ աշխարհում.
Ո՛չ կին երազած, պանծալի անուն,
Ո՛չ գանձ աշխարհի – այս ծուխից ավել:

Կուզեի նստել այս սուրբ ծխի տակ
Ու տեսնել նորից հոգով մանկական
Հարազատներս, որ հիմա չկան,
Եվ հրաշք նորից – աշխարհ բովանդակ …

***

Հեռու անտառում ծաղկում է հպարտ,
Ցնծում է զվարթ այն կաղնին հիմա,
Որ պիտի դառնա դագաղըս մի օր:
Եվ մահըս մոտ է, մոտիկ է այ՜նքան,
Որ ամեն անգամ հոգուս ականջով
Լսում եմ կաղնու սոսափյունը խոր …

ՀԱՅՐԵՆԻՔԻՍ

Ցորենի ծըփուն արտերի եզրին
Կանգնել խորհում եմ սրտիս մեջ լռին. –

Մի՞թե դու չէիր, հայրենի՛ք իմ հեզ,
Որ տայգաներից, մթին յուրդերից,
Հորդացող – եկող ելուզակների
Բյուր նիզակ ու տեգ
Սրտիդ մեջ մխված՝ ընկել էիր խեղճ
Քառուղու վրա բախվող ազգերի,
Դաժան դարերի մղձավանջի մեջ,

Սմբակների տակ խուլ նժույգների.
Եվ սրում էին ճիչով խնդագին
Անգղներն իրենց կտուցները վես
Քո արնակեզ ժայռերի վրա՝
Հոշոտելու քեզ ...
Եվ սակայն հիմա
Դու նորից ծաղկել, ցնծում ես նորից,
Ելնում է ծուխը խրճիթներից հին,
Ուր մայրըս անուշ օրորել է ինձ,
Իմաստավորել մանուկ իմ հոգին
Քո հզոր լեզվով, երկի՛ր կաթոգին:
Այնքա՛ն ժամանակ, որ պիտի հերկե
Սնահողըդ հին՝ քո կտրիճ որդին,
Եվ զուռնանըդ վառ՝ սերըդ պիտ երգե,
Դու պիտի ծաղկի՛ս, երկի՛ր հայրական,
Քո ոգով, ոճով և բարձրագլուխ,
Դու պիտի հնչե՛ս, հնչես հաղթական,
Իմ հին հայ լեզու՝ քա՛ղցր ու սրտաբուխ:

***

Հրամանները միշտ իջնում են վերևից,
Պատ ու կտուր միշտ քանդում են վերևից,
Թե որ կուզես տունըդ պահել մաս – մաքուր,
Սանդուխքները լվանում են վերևից:

***

Հոգնած քայլերով մտել եմ անտառ.
Նստել եմ մենակ մթին անտառում
Ու միտք եմ անում աշխարհի բանը,
Ականջ եմ դնում անտառի խոր շառաչին,
Որ այսպես շառաչել է սերունդների վրա.
Լսում եմ ուշով, և շառաչը
Ինձնից հեռացնում է ինձ.
Մտքերս տանում, ցրում է հեռուն

Մոռացությանափերն հեռավոր.
Հալվել է ներկան, չկա ժամանակ.
Չեմ զգում ես ինձ, ես անգո, անէակ.
Չկա ժամանակ ...

ՀԱՅ ՃԱՐՏԱՐԱՊԵՏՈՒԹՅՈՒՆԸ

Մեծ ճարտարապետ Թ.Թորամանյանի
Հիշատակին

Հայրենի դաշտում քայլում եմ մենակ.
Աշուն է արդեն, և ձյունը նորեկ
Ծածկել է լանջքը սեգ Արարատի.
Հողմը սաստկաշունչ՝ հսկա մի բարդի
Կորաթեքել է աղեղի նման Հայկ նահապետի:

Սակայն իմ առաջ՝ կանգնել են ահա՝
Պատմության ահեղ հողմերին ընկճած,
Սյուներն հոյակապ հին ավերակի:

Դո՛ւք դարերի մեջ՝ դժվար ու դաժան,
Երբ ամենայն ինչ ընկած էր տապաստ,
Դո՛ւք, ով երկնախոհ զմբեթներ ու վեմ
Մնացիք ըմբոստ, մնացիք անսաստ
Բռնակալների չարության ընդդեմ:

Ձայնըս հնչում է խավարի խորքից, —
Գըթա՛, հայտնվի՛ր ո՛ւր ճըշմարտություն.
Ես քեզ եմ փնտրել իմ կյանքի չեմքից,
Եվ տե՛ս, քարացա անհուն տանջանքում:

Բյուր ուղիներով ես դիմեցի քեզ,
Քո հետքն ու շուքը նույնիսկ չըգըտա.
Տե՛ս, սըտության մեջ, մոլորության մեջ
Ջախջախվեց կյանքըս ... ու դու չե՞ս գըթա ...

Հոգնած եմ հիմա, անուժ ու հիվանդ,
Բայց հավատում եմ – ունիս գոյություն.

Բայց էլ չըմնաց մի ուղի անհայտ. –
Ա՜խ, երևացի՛ր, մեծ ճշմարտությո՛ւն …

Եվ ես ուժ կառնիմ, կըզոտեկնդվիմ,
Ցուպըս կըվերցնեմ և ճամփա կերթամ,
Լույսըդ կավետեմ խավար աշխարհին,
Մոլոր մարդկության վե՛հ կյանքըդ կուտամ …

***

Ձեր շարքերի մեջ կտրիճ ընկերներ,
Կանգնած եմ՝ հոգիս հիացքով վառված.
— Դեպի կռվի դաշտ ազատ, անվեհեր
Գնում եք, թռնում փոթորիկ դառած:

Դուք ժողովրդի ազնիվ զավակներ,
Սուրբ ազատության հուրն է ձեր սրտում,
Վառե՛ք, բորբոքե՛ք քարեր ու սրտեր
Ձեր կյանքով շնչող մայր – հայրենիքում:

Ձեր հրացանը վրեժով լցրեք՝
Ջարդեք ու փշրեք նամարդ թշնամուն,
Ու մահը ձեզնից հեռու կփախնի՝
Փախնի, կըգտնի նամարդ թշնամուն:

Սլացե՛ք առա՜ջ, — և ետ մի նայեք,
Կռվե՛ք քաջի պես, քաջի պես ընկեք,
Կեցցե՛ ձեր մահը, որ կյանք կըծնի:

***

Ձմեռն անցավ, եկավ գարուն,
Հալավ բարձրիկ սարերու ձուն,
Ճամփա բացվավ ղարիբներուն:
Իմ ղարիբեն խաբար չի գա.
Աչքս ճամփին՝ դադար չըկա:

Ղարիբ երկիր ամպ ու մշուշ,
Իմ ղարիբի սիրտն է քըրքուշ,
Ոտ կփոխե՝ քըռա ու փուշ …
Հերիք մնա՛ս, դարձի վաթան,
Իմ ախպե՛ր ջան, ազիզ յա՛ր ջան:

Ջուրն է պղծել՝ կուզա սարեն,
Սարեն, ձորեն … իմ աչերեն …
Մի՛ նորոգիր սրտիս յարեն:
Դարձի վաթան, հողն անուշ է,
Հողն անո՜ւշ է, ջուրն անո՜ւշ է …

***

Չյուն է գալիս ու թախծալիր
Ծածկում դաշտերն ամայի. –
Քնքո՛ւշ, քնքուշ ինձ սիրեիր,
Ու նոր մեռած լինեի …

Հեկեկայի սրտիս սրտում
Անունդ անո՛ւշ ու աղվոր.
Ու ձյունը գար մե՛ղմ ու տրտո՛ւմ,
Ծածկեր շիրիմս հեռավոր …

***

Չյունն է եկել, ծածկել հիմա
Ճերմա՜կ, ճերմակ խաղաղությամբ
Դաշտեր, գյուղեր տխուր, ավեր
Հայրենիքիս …

Անհո՜ւն, անծիր տառապանքով,
Չարհուրանքով, եղեռններով
Հազար ու բյուր, հազար ու բյուր,
Մայր ու մանուկ, եղբայր ու քույր.
Մեռան իրենց արյունի մեջ –

Զարհուրանքով, եղեռններով,
Անհո՜ւն, անծիր տառապանքով:

Եվ ձյունն հիմա ծածկել է լուռ
Ոսկորները նրանց անթաղ
Ճերմա՜կ, ճերմա՜կ խաղաղությամբ …

ՄԱՅՐԻԿԻՍ

Հայրենիքես հեռացել եմ,
Խեղճ պանդուխտ եմ, տուն չունիմ,
Ազիզ մորես բաժանվել եմ,
Տըխուր – տըրտում, քուն չունիմ:

Սարեն կուգաք, նխշուն հավքե՛ր,
Ա՜խ, իմ մորըս տեսել չեք.
Ծովեն կուգաք, մարմանդ հովե՜ր,
Ախըր բարն բերել չեք:

Հավք ու հովեր եկան կըշտիս,
Անձեն դիպան ու անցան.
Պապակ – սըրտիս, փափագ – սըրտիս
Անխոս դիպան ու անցա՜ն:

Ա՜խ, քո տեսքին, անուշ լեզվին
Կարոտցել եմ, մայրի՛կ ջան.
Երնե՜կ, երնե՜կ, երազ լինիմ,
Թըռնիմ մոտըդ, մայրի՛կ ջան:

Երբ քունըդ գա, լուռ գիշերով
Հոգիդ զըրկեմ, համբույր տամ.
Սըրտիդ կըպնիմ վառ կարոտով,
Լա՛մ ու խընդա՛մ մայրիկ ջան…

***

Մի՞թե պիտի թոռմին, թոշնին

Վարդ ու շուշան խնկաբույր,
Անդորր լռեն թռչունների
Վառ մեղեդին,
Ակն – աղբյուր:

Մի՞թե պիտի, չքնաղ ընկե՛ր,
Կյանքի անուշ հույզերից
Կուրծքդ հանգչի, — լուռ դադարիս
Սառն ու անկյանք
Շիրիմի տակ ...

Մի՞թե պիտի փոշի դառնան
Այդ աչքերըդ կենսավառ,
Ուր շողում են հույս ու տենչեր –
Սիրո աստղեր
Ինձ համար:

Մի՞թե պիտի վառ ժպիտըդ
Եվ արցունքիդ ծիածան
Ինչպես երազ անդարձ մարին
Խոնավ հողում
Հավիտյան:

Օ, ի՞նչ, — մի՞թե, մի՞թե, հոգյա՛կ,
Պիտի անհետ մոռացվիս,
Ձյունի շերտեր վրրադ դիզվին,
Փոշիդ տանի
Ցուրտ քամին ...

***

Մութը զրկած գետ ու գետին
Հով ու ալիք կըշնչեն.
Երկինք զրկած աստղ ու լուսին,
Արտերն անդորր կըննջեն:

Սիրտս, սիրտըս թույլ կզարկե,
Սեր ու երգեր է՛լ չկան.

Նոր էր ծլել, արև սիրուց,
Արև - աչեր է՛լ չկան,

Վառ աստղերը երկնից ընկան,
Վարդ ու շուշան թառամեց.
Ա՜խ, իմ կյանքս, անուշ կյանքս,
Կտոր – կտոր փշրվեց …

Հովն ու ալիք կուզան, կերթան,
Ցաված սիրտս կշոյեն,
Ու իմ սիրուս մրմունջներից
Տխուր երգեր կհյուսեն …

***

Մենակ, անընկեր ձեր գիրկն եմ ընկել
Կենսական ծովի ահեղ պտույտներ,
Սիրտս լի՛ հույսով,
Լի՛ ցնորքներով,
Ես պիտի պատռեմ ձեր հզոր կուրծքը,
Ես պիտի թռչեմ դե՛պ սուրբ օրրանը,
Իմ վե՛հ խոհերի,
Վա՛ռ ձգտումների:
Պտո՛ւյտք, կատաղի՛ր, ալի՛ք, շառաչի՛ր,
Օ՜, սիրտ իմ, սիրտ իմ, — տոկա՛ ու կանգնի՛ր
Ժայռի պես ամո՛ւր,
Ցողի պես մաքուր …

Թող անծիր ծովը եռա, փրփրի,
Թխպոտ երկինքը կայծակներ շա՛ղ տա,
Եվ թող փարոսը մշուշում թաղվի,
Փրկարար ափը աչքիս չերևա՝
Չեմ հուսահատվի՛ :
— Չէ՞ որ դուք միայն
Վսեմ իղձեր եք,
Կուսական հոգու
Նվիրական սե՛ր,
Չէ՞ որ դուք միայն, երկնայի՛ն ուժեր,
Ինձ սուր ե՛ք տալիս անհաղթ կռվելո՛ւ,

Ինձ թն ե՛ք տալիս անխոնջ թռչելո՛ւ.
Ինձ հույս ե՛ք տալիս անվերջ տոկալու …

***

Մաճկալ ես, բեզարած ես,
Առը շուռ տո՛ւր, շո՛ւտ արի.
Ծովի պես քրտնած ես,
Եզներն արձկի՛, տուն արի՛:

Կաթի սերը քաշել եմ,
Դրել եմ հովին՝ սառի.
Ալ զոգնոցս կապել եմ,
Արի թառլան, թը՜ռ, արի:

Տեղ եմ գըցել շվաքում,
Քամին կուզա, զով կանի.
Լուսնի շողքն է մեր ծոցում,
Չափ տո՛ւր, չափ ա՛ռ – շուտ արի՛:

Դաղրած, բեզարած յա՛ր ջան.
Ամպերն ելան, դեհ արի.
Բեզարած ջանիդ ղուրբան,
Ծըտից թն առ, թե՛զ արի …

***

Մայրս տեսավ ինձ շա՜տ տխուր,
Շ՜ատ հուսահատ, մեկուսի.
Գիրկն առավ, սրտին կպա,
Ու լցվեցի, ու լացի:

Ա՝ խ, մերիկ ջան, մեկ նայե՛, տե՛ս,
Սիրտս խորունկ վերք ունի.
Ձեռքդ մեկ դի՛ր, — ա՜խ, չէ, ձեռդ
Անջնջելի կարնոտի:

Ա՜խ, մերի՛կ ջան, կուզեմ քնեմ,
Ա՜խր բալադ հոգնա՜ծ է.
Երկրի ծոցում հանգիստ քնեմ,
Բալադ անչ՜ափ հոգնա՜ծ է …

***

Մռայլ բանտիս նեղ լուսանցքից
Աստղեր տեսա հեզաչյա,
Որ սրգավոր ու թախծալից
Նայում էին ինձ վրա:

Մայրըս, քույրըս միտըս ընկան,
Որ հայրերիս սուրբ հողում
Ինձ կըհիշեն ու լուռ կուլան
Աստղերի հետ հե՛ զ, տըրտո՛ւմ …

***

Մութ անտառով լուռ ման կուգամ,
Բուն ու ագռավ ինձ կըսեն.
— «Ա՜խ, խեղճ տըղա, ի՞նչ տըխուր ես.
Դուն հիվանդ ես …» ինձ կըսեն:

Մութ անտառով լուռ ման կուգամ,
Ցող կըշաղե ծառերեն.
— «Ա՜յ խեղճ տըղա, վերքըդ խորն է
Վըրադ կուլանք …» ինձ կըսեն,
Քամին փըչեց, ու ծառերեն
Տերևները վար ընկան.
— «Ա՜յ խեղճ տըղա, տերևներն են
Քու մահիճն ու գերեզման …»:

***

Մշուշն եկավ, թևը փռեց,
Ծովը ծածկեց, մերի՛կ ջան, —
Ա՜խ, իմ դարդը ուրուրի պես
Սիրտս կերավ, մերի՛կ ջան ...

Կուզեմ չքվիմ, կուզեմ կորիմ,
Փոթորկի մեջն ընկնիմ. –
Փոթորիկին խեղճ սիրտս տամ,
Չար ուրուրեն ազատվիմ:

Ու դիա՜կս թո՛ղ, մերի՛կ ջան,
Ծովը նետե ժեռ ափին. –
Սիրտս՝ հարիանդ, սիրտս՝ անդարդ
Ընկնեմ էն լո՛ւռ, լե՛ռ ափին ...

***

Մատաղ սիրտըս խաս – բաղի պես
Ծառով, ծաղկով կանանչ էր.
Սերս էլ նազան բլբուլի պես
Սրտումս անուշ կըկանչեր:

Ինձի ասիր, աղջի՛կ սիրուն,
— Քու բլբուլին զարմացք եմ.
Ուշքս է տարվեր վարդիդ սիրուն,
Մի հատիկ վարդ թո՛ղ քաղեմ ...

Սիրտըս թնդաց, ջահել էի,
Անուշ լեզվեն շո՜ւտ խաբվա.
Ասի՝ բաղըս մատաղ քեզի, —
Սև աչերեն շա՜տ խաբվա ...

Ու անգութը բաղըս մըտավ,
Ա՜խ, տըրորեց ծաղկունքըս,
Խեղճ բլբուլիս բռնեց, տարա՛վ,
Կոտրեց նո՛ւռըս, չինարըս ...

***

— Մայրի՛կ, նայիր, արևն ի՞նչպես
Դեղնել է, ցուրտ է ի՞նչպես.
Լույս չի տալիս, ու նայի՛ր, տես՝
Չորս դիս՝ դալուկ աշնան պես:
Եվ սար ու ձոր՝ լուռ – սևավոր,
Անտառ, առու սուգ կանեն:
Գարուն օրով այս ի՞նչ ցավով
Երկիք – երկիր մեռել են:

— Ա՜խ, սիրելիս, դաշտ ու անտառ
Գարնան զրկում նոր ծաղկան:
Վառ արևն էլ, տե՛ս ի՞նչ պայծառ,
Ու ցավ չունին, բալա ջան:
Ավա՜ղ ... մենակ սիրտդ է մեռել,
Ու սրտիդ մեջ – ամեն բան.
Սիրո ցավով սիրտդ է մեռել,
Դալար կյանքդ, բալա ջան ...

***

Մնացի կարոտ իմ հայրենիքին, —
Օտար աշխարհում, լուռ թափառական.
Կարոտ մայրենի սրտագին խոսքին,
Մնացի մենակ, խեղճ որբի նման:

Իմ սիրտն այնտեղ է, ուր աստղամերձ
Լեռներն են կանգնել հազած կուռ զրահ,
Ուր եղջերուն է ոստնում քերծից քերծ,
Արծիվը ճախրում վիհերի վրա,

Իմ սիրտն այնտեղ է, ուր նախնիքը մեր
Կերտել են շքեղ կոթողներ հավերժ,
Ուր ժողովուրդը վսեմ վեպը մեր
Պատմում է դարձյալ հավատով անշեջ:

Մա՛յր իմ ժողովուրդ, դեպի քեզ կըզամ,
Կըզամ դեպի քեզ, հայրենի՛ աշխարհ.

Ինչ որ վեհ ունիմ, սիրով ձեզ կըտամ:
Եվ սիրտս, կյանքս միայն ձեզ համար:

***

Մենակ մանկության օրերն են անո՛ւշ,
Գողտրիկ ու բուրյան, չըքնա՛ղ ոսկեփայլ.
Եվ այնուհետև մեր կյանքը անհույս
Գահավիժում է անդունդը մռայլ,

Ու մեկիկ – մեկիկ մեր կյանքի ծառից
Եվ վայր են ընկնում, քըշվում հողմավար
Մեր լավ տենչերը, սերը ծաղկալից,
Վառ համբույրների զարունը պայծառ:

Եվ ո՞վ սիրտ ունի մերկ ծառի նըման՝
Կանգնել աշխարհի հողմերին պատվար –
Կյանքի ձանձրույթին, ծաղրանքին մարդկան,
Իշխող բըռունցքին՝ չոր հացի համար …

Ավա՜ղ, լուսնի տակ և վեհ բան չըկա,
Ամեն ինչ կոպիտ, բիրտ անասնական.
Աննյութ, անմարմին, անկիրք սեր չըկա,
Ա՜խ, մաքուր սերը երազ է միայն:

Ես շա՜տ եմ լացել սուրբ սիրու համար
Եվ ես լավ գիտեմ գինը ամենքի –
Սերն է անկումը մեր աստվածության,
Շըրջմոլիկ հուրը կրքերի ճահճի:
Եվ ո՞վ կարող է օտարին սիրել
Կամ մերձավորին՝ անհուն, անսահման.
Ուրիշին սիրել իրենից ավել.
Ընկերին սիրել – պատրանք է միայն:

Եվ ո՞վ կարող է ուրիշին ըզգալ,
Որպես իր եսը, հասկանալ նըրան.
Ա՜խ, մենք ապրում ենք անծանոթ իրար,
Օտա՜ր ու հեռո՜ւ՝ աստղերի նըման:

Բայց բյուր երանի, ով երազ ունի
Իր հոգու անհուն սրբության խորքում.—
Մի շքեղ երազ, որով նա կապրի
Աշխարհից հեռո՜ւ, բյուրեղ բարձունքում:

***

Մեկը չեղավ, որ իմանար վշտերս,
Քնքուշ ձեռքով դարման աներ վերքերիս.
Մեկը չեղավ, որ գուրգուրեր վարդերս,
Անուշ բույր տար, վարդի գույն տար երգերիս:

Կյանքս կտամ սրտից բխած համբույրին,
Ա՜խ, թե մեկը ինձ հասկանա՜ր ու սիրե՜ր:
Ի՞նչ կա երկրում և՛ սրբազան, և՛ անգին,
Քան թե զոհվել, քան թե լինել անձնվեր:

Բայց ես կյանքում շա՜տ սիրեցի ու լացի, —
Մեկը չեղավ, որ ամոքեր վշտերս,
Սիրող սրտի ծարավ, ծարավ մնացի,
Մեկը չեղավ, որ գուրգուրեր վարդերս …

***

Մռայլ ամպերից, հզոր կայծակով
Սիրտը շանթահար մի մրրկահավ
Ծովափի խոժոռ ժայռերին ընկավ:
Եվ ընկավ ծածկվեց հողով ու քարով,
Թավ մամուռ պատեց նրա շիրիմին,
Եվ տարիք անցան համըր շարքերով:

Բայց երբ երկնքում իրար դեմ ու դեմ
Ամպերն են խառնվում և որոտում են՝
Հուզված սրտերում կըրակ ու կայծակ, —
Նա լուռ հիշում է, տարիք առաջ
Իրեն սրտումն էլ տենչ կար ու կրակ,
Որոտ ու զայրույթ և սեր ու շառաչ …

***

Միշտ զգում եմ ես, որ մի հեռավո՜ր,
Օտա՜ր աշխարհում ինձ պես վշտահար
Մի սիրտ է այրվում՝ անհայտ մենավո՜ր
Եվ երազում է, թախծում ինձ համար:

Եվ թվում է ինձ, որ սուրբ համբույրով
Ես փայփայում եմ ձեռները նրա.
Եվ գուրգուրում եմ, զգվում կարոտով՝
Քնքուշ գլուխը իմ կրծքի վրա …

***

Մասիսի մռայլ, խոժոռ ժայռերի
Իժերը բոլոր թափեցին իմ մեջ
Իրենց թույները ցասման, վրեժի
Թույները կիզող թափեցին իմ մեջ …

Այսքան տառապա՜նք, անարդարությո՜ւն,
Մարտիրոսացյան արբազան շարքեր.
Արյան հեղեղներ, նահատակություն՝
Մի ազգի բաժին – հազար տարիներ,
Մարդկության կողմից դարերով նյութած
Էլ սահման չկա մեր համբերության,
Էլ անուն չկա մեր տառապանաց …
Մեր գերմարդկային, մեր գերբնական:

Էլ քար չըմնաց այս աշխարհի մեջ,
Որ չոռոգվեր մեր սուրբ արյունով,
Էլ նշույլ չըմնաց այս լիրբ մարդկանց մեջ,
Որ չլիղփանար մեր սուրբ արյունով …

Մասիսի մռայլ, խոժոռ ժայռերի
Իժերը բոլոր թափեցին իմ մեջ
Իրենց թույները ցասման, վրեժի
Եվ սիրտս է եռում վրեժով անշեջ …

Դու մոխըրի վրա նստած ժողովուրդ՝
Հոշոտված մանկանց դու՝ խելագար հայր, —
Էլ ի՞նչդ մնաց, ի՞նչ պիտ կորցնես. –
Ինչպե՞ս պիտ չափես արկանքդ անծայր …

Դուրս եկ՝ դո՛ւ վագր, դո՛ւ շղթայազերծ.
Աստված ու երկինք ոտաց տա՛կ տալով.
Խփի՛ր, հարվածի՛ր, ջախի՛ր, ջախջախի՛ր,
Զինված ռումբերով, թույնով կայծակով:

Պայթի՛ր, հոշոտի՛ր, խփի՛ր, ջախջախի՛ր՝
Բոլորին, որոնք մարդու են նման –
Երկինքը փուլ տուր, աստղերը մարիր –
Փշրի՛ր աշխարքը մի ձվի նման:

Քար քարի վրա, թո՛ղ բան չըմնա –
Փշրի՛ր զանգերը և թող շան սատակ
Լինեն բոլորը և դու նրանց հետ –
Ընկի՛ր աշխարհի փլատակների տակ …

ՄԵՆԱԿԻ (Ե. ԱՌՍՏԱՄՅԱՆ) ՆՎԻՐԱԿԱՆ ՄՏՎԵՐԻՆ

Բոցիկու սարին սև ամպն է չոքեր.
Հովն է հեծեծում Բասենա դաշտում. –
Ոսկի երգերըդ, իմ ազի՛զ ընկեր,
Էն հովն է երգում Բասենա դաշտում:

Ա՜յ, սիրո՛ւն արտուտ լալազար գարնան,
Արազի դաշտից Մինչ Խլա՛թ ու Մո՛ւշ
Դուն թըռչում էիր սիրտըդ վառ – վառման
Գովքն ազատության երգելով անո՛ւշ:

Քաջ ընկերներով կըռիվ սըլացար –
Ազատ երգերով Արազի դաշտում.
Նամարդ թշնամուն զարկիր, զարկվեցար –
Ընկերներիդ հետ Բասենա դաշտում:

Ու ժողովուրդը կարոտ քու սիրուն
Բասենա դաշտից մինչ Խլաթ ու Մուշ

Երգում են անվերջ երգերըդ սիրուն,
Ու չեն մոռանում երգերըդ անո՜ւշ ...

Ա՜խ, սուրբ վերքերով ընկերներիդ հետ
Արնոտ հողի տակ անո՜ւշ քնեցիր.
Թո՛ղ ծանր չըգա այն հողը վըրեդ,
Որն այնպես հըզոր, անհո՜ւն սիրեցիր ...

Բոցիկու սարին սև ամպն է չոքեր,
Հովն է հեծեծում Բասենա դաշտում.
Անո՜ւշ երգերըդ, իմ ազի՛զ ընկեր, —
Էն հովն է երգում Բասենա դաշտում ...

ՄԵՂՔԻ ԵՎ ԶՂՋՄԱՆ ԵՐԳԵՐ

I

Արևի ոսկին ծով – մազերիդ մեջ,
Գարունը ծաղկած՝ այտերիդ վրա,
Ժպտուն աստղերը՝ աչերումդ անշեջ:
Վարդի ճոխ բուրմունքը շրթունքիդ ցայտուն,
Թավիշ դեղձերը վառ կրծքիդ վրա,
Աշխույժ — թռչնի պես՝ սիրտդ թռվռուն:
Դո՜ւ, անուշաբույր, կախարդիչ մարմին,
Դո՜ւ, պուրպուր գինի՝ շքեղ, դյութական,
Թո՛ղ քեզնով հարբիմ ու գրկիդ մեռնիմ. –
Վայելքը անմահ կմնա միայն ...

II

Բարվոք է գուցե, թեկո՛ւզ և իրավ
Զսպել կրքերը, տիրել կըրքերին.
Սակայն ավելի գեղեցիկ է, լա՛վ, —
Ազա՜տ, սանձարձա՜կ թողնել կըրքերին:

Արա՛, ի՛նչ կուզես, ի՛նչ որ կարող ես,
Պարտքն ու բարին սո՛ւտ են ու պատիր. –

Սիրի՛ր այն, ինչ որ կյանք է տալիս քեզ.
Ինչ որ վիշտ ու մահ – հեռացի՛ր, ատի՛ր:

Կյանքից դուրս չըկա՛ ոչ մի դըրություն.
Ոչի՛նչ էիր դուն, ոչի՛նչ պիտ դառնաս. –
— Կըռնոցով, երգով, զինով արբի՛ր դուն,
Արբի՛ր, որ մահն ու ու աշխարհը մոռնաս …

III

Ա՜խ, երազ – սիրո հոգիս ծարավուտ՝
Ծըծեցի սակայն շրթունքը մեղքի.
Հոգիս տենչացողզեղեցկին անսուտ,
Բայց թաթախվեցի զարշ ճահճում կյանքի:

Չըզտա մի տեղ անմարմին մի կին,
Սերըս կորցրի պազշոտ գրկի մեջ.
Ինչ որ ունեի — և վսեմ, անգին,
Ողջը աղտոտվեց անհուն կրքի մեջ …

IV

Բարձր լեռների արծիվը մեկ – մեկ
Ազահ ազռավից ցածր կըթռնի,
Սակայն դաշտերի ագռավը երբեք
Հզոր թռիչքին նրա չի հասնի:

Ինչքան թաթախվիմ զարշ ճահճում կյանքի,
Հոգիս չի զարթնի վսեմ երազից.
Չի կորչում մթնում շողն արեգակի,
Բարձունքն ես զիտեմ, կըճախրեմ նորից:

V

Ջինջ ծովակի մեջ կա մի լուռ կղզի,
Մենավոր, անդորր ժայռեղեն մի զահ,
Ուր քաղցր է հնչում ղողանջը զանգի,
Եվ փռվում մեղսոտ աշխարհի վրա:

Եվ լուռ կղզու մեջ կա նվիրական
Հինավուրց քարայր, մի վեհ սրբավայր.
Այնտեղ պիտ գնամ, լամ, քավեմ, ողբամ
Հոգիս մեղավոր և բազմաչարչար:

Եվ պիտի ծեծեմ կուրծքս քարերին,
Եվ պիտի հեծեմ ցնորքս անբիծ,
Եվ պիտի գտնեմ սերը երկնային,
Որ հոգիս այրե և մաքրե նորից …

ՄԱՀԸ

Անտես, անձայն
Մի քարավան
Գիշեր ու զոր
Կերթա՜, կերթ՜ա …
Ողջ աշխարքը
Կըտրորե,
Փոշի կանե,
Քամուն կուտա:
Եվ հավիտյան
Կերթա՜, կերթա՜ …

***

Մշուշը ծածկեց դաշտերը անծիր. –
Դալուկ ճակատս դի՛ր այրող բարձին,
Եվ թո՛ղ ինձ մենակ, և դուռս գոցի՛ր,
Ես չեմ կարոտնա քո վերադարձին,

Իմ երազների աստղերը գոհար
Մի պայծառ երկինք շուրջս են տարածում.
Իմ հոգու հանդեպ մահը հաղթահար.
Իմ հոգին հավերժ՝ չունի մահացում:

Եվ անարգում եմ աշխարհքը համայն,
Ուր ամեն մի մարդ – մի ձև անցավոր,

Ուր ամեն մի կյանք՝ թշվառ և ունայն,
Գաղափարն՝ անզոր, և նյութը հըզոր,

Մըշո՛ւշ, դու ծածկի՛ր աշխարհքը անծիր. –
Թո՛ղ, դարման մի՛ դիր իմ խորունկ խոցին.
Եվ թո՛ղ ինձ մենակ, գնա՛, հեռացի՛ր, —
Ես չեմ հավատում քո լաց ու կոծին …

***

Մարդկանց խոսքերին է՛լ չեմ հավատում,
Հոգիս գիշատվեց սիրո կեղծիքից,
— Ես կուզեմ հանգչել լո՜ւռ անապատում,
— Ես կուզեմ հանգչել բոլո՛ր ցավերից …

Հոգնել եմ արդեն ես շա՜տ սիրելուց,
Ես կուզեմ հանգչել կույս – անապատում.
Ես շա՜տ ատելուց զզվել եմ վաղուց.
— Եվ է՛լ չեմ սիրում, և է՛լ չեմ ատում …

***

Մեղմիկ քայլում է երեկոն քնքուշ,
Ծովը մետաքսե քղանցքն է փռել,
Նոճիներն ափից շրշում են անուշ,
Ճայերն այրերում նիրհել են լռել:

Երկինքն ու ծովը գրկել են իրար,
Մակույկս է սահում, չգիտեմ թե ուր.
Իսկն ու երազը ձուլվել են խպառ,
Ոչինչ չի տենչում իմ հոգին տխուր:

Բախտը ձգել է ինձ օտար հեռուն,
Հայրենի ափերն կորել են անդարձ.
Մակույկս եմ հանձնել բախտի հովերուն. –
Եվ ննջել կուզեմ, ա՜խ, շա՜տ եմ հոգնած:

***

Մի թռչուն եկավ
Երազի միջից,
Եվ ծարավ հոգուս
Շշնջաց մեղմիկ
Անունըդ անուշ,
Իմ սիրուն մանկի՛կ։

Երգեց աչերըդ՝
Պայծառ ու անբիծ,
Սուրբ խոսքեր ասաց
Քո քնքուշ սրտից,
Իմ չքնաղ մանկի՛կ,
Նազելի մանկի՛կ …

***

Մարգարիտնե՞ր վըզիդ շուրջ
Տրտում փայլով ու քնքո՛ւշ.
Մարմարեղեն վըզիդ շուրջ
Մարգարիտնե՞ր թախծանո՞ւշ։

Արցունքներս են իմ սիրուս՝
Տխո՞ւր, տխո՞ւր, դալկահար.
Արցունքնե՞րըս իմ անհույս –
Վըզիդ բոլոր շարեշար …

***

Մարգարիտնե՞ր վըզիդ շուրջ
Տրտում փայլով ու քնքուշ.
Մարմարեղեն վըզիդ շուրջ
Մարգարիտնե՞ր թախծանո՞ւշ։

Արցունքներս են իմ սիրուս՝
Տխո՞ւր, տխո՞ւր, դալկահար.

Արցունքնե՞րըս իմ անհույս –
Վըզիդ բոլոր շարեշար …

***

Մի ոսկե թռչուն անցավ երգելով
Իմ հոգու խորքից,
— Ա՜խ, ձայնը նրա այնպես հոգեթով՝
Լավ ծանոթ էր ինձ:

Ա՜խ, ձայնը նրա՝ լազուր երազներ
Շնորհեց հոգուս …
Քեզ հազար ողջույն, իմ սուրբ, իմ նոր սեր,
Նորոգ արշալույս …

***

Միշտ երկրե երկիր, ինձանից հեռու,
Թափառում էիր, երբ ողջ էիր դու.
Բայց մոտըս եկար քո մեռած օրեղ,
Հիմա անբաժան շըրջում ես ինձ հետ …

***

Մեղեդիներով գարունն է փթթել,
Անհուն հայացքով ժպտում է արև.
Կարծես դաշտերը թուխպը չի պատել,
Չի կախվել ծառից մահագույն տերև:

Պառկել է մեջքին ծովը անդորրիկ,
Լայն – լայն բացել է աչքերը ծավի,
Կարծես չի պայթել այնտեղ փոթորիկ,
Եվ հետքն իսկ չըկա բեկված մի նավի:

Մանուկներն ուրախ՝ դալար մարգերում
Երգում են, պարում՝ գիրկ գրկի փարած.
Կարծես աշխարհում չի թափվել արյուն,
Չի եղել երբեք լաց ու կոտորած …

***

Մի մրահոն աղջիկ տեսա
Ռիալտոյի կամուրջին,
Հորդ մազերը – գետ գիշերվա,
Եվ հակինթներ՝ ականջին:

Աչքերը սև - արևներ սև,
Արևների պես անշեջ,
Գալարում էր մեջքը թեթև
Ծաղկանկար շալի մեջ:

Աչքս դիպավ աչքի բոցին,
Ու գլուխս կախեցի.
Ժպտաց ժպտով առեղծվածի,
Հավերժական կանացի:

Միամիտ չեմ՝ հավատամ քեզ.
Տառապանքս փորձ ունի. –
Մի մրահոն կույս էր քեզ պես,
Կոտրեց սիրտս պատանի …

ՄՈՐՍ ԳԵՐԵԶՄԱՆԸ ԱՇՆԱՆԸ

Հա՞մր, լռ՞ւռ գերեզմաններ,
Մոխրացած կյանքեր,
Մորս գերեզմանը
Մի չնչին հողաթումբ՝
Վրան մի դեղին, չորացած բույս,
Որ դողում էր բարակ քամուց:
Մի դեղին, չոր խոտ …

Կարծես սրտիցս է բուսել.
Չեմ կարող մոռանալ նրան,
Աչքերիս առաջն է նա.
Միշտ, միշտ:
Դողում է, երերում …
Ու կանչում է ինձ,
Կանչում է ինձ. Ինձ է կանչում,
Իր մոտ, այս կտոր հողի մոտ,
Որ ամենաթանկ հողն է, մի բուռ հողը,
Ողջ հողագնդի վրա,
Կանչում է ինձ այնտեղ.
Այնտեղ կարող է հոգիս
Հանգիստ գտնել.
Խաղաղվել …

ՄԱՆԿՈՒԹՅՈՒՆ

Հուրհրում էր արևն ուրախ,
Գետն էր գնում քաղցրակարկաչ.
Չորս դիս՝ գարնան կարմիր ծիծաղ,
Վարդեր կարմիր, կարմիր կակաչ:

Արտույտն երգով ճախրում էր վեր.
Արոտներում՝ խրխինջ ու կանչ.
Չորս դիս՝ գարնան կանանչ թևեր,
Կանանչ հովեր, ծո՜վեր կանանչ:

Մեր մանկական ճիչն էր թնդում
Դաշտերի մեջ ցողաթաթախ.
Խայտում էինք զմրուխտ գետում, —
Եվ գնգում էր արևն ուրախ …

ՄԵՐ ՊԱՏՄԻՉՆԵՐԸ ԵՎ ՄԵՐ ԳՈՒՍԱՆՆԵՐԸ

Նվեր մեր ժողովրդական վեպի՝
«Սասունցի Դավթի» հազարամյակին

I

Մեր հոյակապ հին վանքերի մութ խուցերում, մենության մեջ
Պատմիչները մեր վշտահար, մեղմ կանթեղի լույսով անշեջ,
Մի նշխարով, մի կում ջրով և ճգնությամբ գիշերն անքուն,
Պատմությունը մեր գրեցին մագաղաթի վրրա դժգույն –
Եղեռնները, նախճիրները հորդաների արյունըռուշտ,
Փլուզումը հայրենիքի և ոսոխի սուրը անկուշտ:
Եվ ողբացին լալահառաչ դժխեմ բախտը Հայաստանի
Եվ հուսացին արդարության մի խուլ աստծու դատաստանի:

II

Մեր գեղջուկի պարզ խրճիթում, սուրբ օջախի շուրջը նստած՝
Գուսանները մեր խանդավառ, առջևները գինի և հաց,
Վիպերգեցին հաղթանակը դյուցազնների մեր մեծազոր
Եվ ծաղրեցին պարտությունը ոսոխների մեր բյուրավոր:
Եվ հյուսեցին պատմությունը հավերժացող ժողովրդի,
Վառ հավատով փառքերը մեր ավանդեցին որդոց որդի.
Տեսան շքեղ մեր ապազան, անըկճելի ազատ ոգին,
Հայրենիքի սիրո համար միշտ բարձրացած Թուր – Կայծակին:

***

Մի երեխա քնից զարթնել
Լաց էր լինում աղիողորմ:
Սրտի ուզած բաներն ամեն
Տեսել էր նա պերճ երազում,
Եվ զարթնելով բոլորը մեկ
Կորցրել էր, ու սրտաբեկ
Հիմա նստել, լաց էր լինում:

Լաց մի՛ լինիր, տղաս, զուր տեղ,
Երիտասարդ կյանքդ ամբողջ –
Այդ երազը հրաշագեղ –
Դեռ առաջդ է լուսաբողբոջ:
Ապա ե՞ս ինչ անեմ, տղաս,
Որ կորցրել եմ անվերադարձ
Ամեն, ամեն բան աշխարհում,
Եվ չունեմ էլ ո՛չ մի երազ
Իմ մթնացող օրվա առաջ …

ՄԵԾ ՀԱՂԹԱՆԱԿԻ ՕՐԸ

(9 մայիսի 1945)

Մեր սուրը փառքով դրեցինք պատյան, —
Մեծ հաղթանակի օրն է ցնծալից.
Պարտվեց մահաշունչ ոսոխը դաժան,
Երգեր են հորդում զվարթ սրտերից:

Հոծ փողոցներում աղմուկ ու շառաչ,
Հոսում են մարդիկ ծափով, ծիծաղով,
Մի մարդ սեղան է բացել տան առաջ,
Լցրել թասերը ոսկեփայլ գինով:
Եվ անցորդներին կանչում է, խնդրում, —
Եղբայրնե՜ր, որդուս կենացը խմե՛նք.
Հերոս է որդիս, հաղթեց թշնամուն,
Ձեր որդիների կենացն էլ խմենք:

Խմում են խինդով, ցնծում երջանիկ,
Եվ զարկում նորից գավաթներն իրար:
Նրանց մեջ մի հայր ասում է մեղմիկ, —
Ե՛ս էլ իմ որդուս հանգստյան համար:

Գլխարկներն իսկույն հանում են նրանք,
Խոր ակնածանքով լռում են մի պահ.
Խմում են անձայն զոհվածի համար
Եվ հեղում գինին սուրբ հացի վրա:

ՄԵՐ ՍՊԱՆՎԱԾ ԴԻՑՈՒՀԻՆ

«Մեռնեի, Սևանը չորացած չտեսնեի ...»

Մեր հայրենի սեզ լեռների
Կանաչ գրկում անուշաբույր
Սպանեցին, հոշոտեցին
Մեր ոսկեհեր, կապուտաչյա
Գեղեցկուհուն հոգեհատոր:

Ավա՜ղ, էլ չենք տեսնելու մենք
Չքնաղ դեմքը աստղաժպիտ
Մեր նազելի գեղեցկուհու.
Ավա՜ղ, էլ չենք լսելու մենք
Ձայնը քաղցր, լուսակարկաչ
Մեր սիրելի գեղեցկուհու:

Եվ երբ մի օր գնանք այցի
Գեղեցկուհուն մեր նազելի
Սեզ լեռների կանաչ գրկում,
Ուր մորթեցին, հոշոտեցին
Մեր սիրուհուն հոգեհատոր,
Պիտ կուրանան աչքերը մեր,
Երբ փոխարեն մեր դիցուհու
Կապուտաչյա, լուսակարկաչ,
Տեսնենք ժայռեր, ծերպեր մթին՝
Կարիճների, օձերի բույն
Մեր հայրենի սեզ լեռների
Հրատոչոր, մեռած գրկում:

***

Մեր կյանքի ամեն վայրկյանը անցնող
Թեթև, բայց անբույժ վերք է տալիս մեզ,
Իսկ վերջին, վերջին վայրկյանը ահեղ
Մի կուռ հարվածով սպանում է մեզ:

***

Մարդու տենչանքն է՝ հավիտյան ապրել
Եվ լինել աստված տիեզերաշեն,
Ամենակարող, ամենաիզոր
Եվ ամենագետ:

***

Յարըս նստել վանքի դըռան
Նուռ ու խնձոր կըծախե.
Հարս ու աղջիկ քովը կուգան,
Էժան կուտա, կըբաշխե:
Ա՜խ, յարս ինձեն խռովել է,
Ինձի շատ թանկ կծախե:

Ես ո՞նց անեմ … դարդիս դարման
Յարիս նուռն ուխնձորն է.
Ինչ որ ունիմ, յարիս կուտամ,
Թաք ուրիշին չըծախե:

***

Յա՛ր, աչերդ արեգական
շողքով վառված ծովի նըման,
Աբրեշումե մազերդ արձակ
ծո՛ւփ - ծո՛ւփ կըտան հովի նըման,
Վար կընայես խղճուկ գերուդ
պարզ երկընքի մովի նըման,
Սիրտըս կայրես քնքուշ շնչով՝
անմարելի բովի նըման:

Յա՛ր աչքերիս լուսը մարավ
քո կարոտով-սիրով լալեն,
Ողջ աշխարհի մալը կըտամ,
չեմ զըրկվի անգին լալեն,

Յա՛ր, զութ արա, կյանքիս զընով
թող մի քաղեմ թըշիդ լալեն,
Շեմքդ եմ ընկած, յա՛ր, խիղճ արա,
հողդ եմ լիզում սովի նըման:

Յա՛ր, թե մեռնիմ ոտներիդ տակ,
Շահին - շահի թախտ է ինձի.
Փեշըդ քըվի գերեզմանիս՝
փափագելի բախտ է ինձի.
Վըրաս թե լաս, արտասուքդ
անմահական դեղ է ինձի,
Սիրտըս նորեն կալեկոծվի
հնդստանու ծովի նման …

***

Նազան-աղջի՛կ, Շուշան-Շուշի՛կ,
Տես մութն ընկավ-հովն ընկավ,
Ցոլցլալով աստղերն ելան,
Քունն աչերիս ցած իջավ:

Նիշուն ծաղիկ – սիրուն եղնիկ,
Թող գիրկդ ընկնիմ, քուն մտնիմ,
Ա՜խ, զով սարում, յարի գրկում
Լռիկ քունն ի՞նչ անուշ է.
Հովը օրոր կըշվշվա,
Առուն երգեր կըշշնջա՛.

Նազիկ, ծաղիկ – նուշիկ Շուշի՛կ,
Երնե՜կ քեզի… թուխ ծամերդ
Ծփծփալով հո՛վն է տանո՛ւմ,
Մն դարդերդ ջուրն է տանո՛ւմ:

ՆՎԵՐ ՏԻԿԻՆ Շ. «-ԻՆ»

Ինչպես անցյալի տխուր ավերակ,
Կամ ճոխ պսակի թոշնած ծաղիկներ,

Ինչպես մանկության աղոտ հիշատակ,
Կամ մոռացած երգի նսեմ հնչյուններ,
Հիշիր ինձ, քույրիկ, ա՜խ, անուշ քույրիկ,
Հիշիր, թե ինչպես ես քեզ սիրեցի,
Անքուն գիշերներ մենակ ու լռիկ,
Քո կյանքի համար ջերմ աղոթեցի…
Հիշիր, թե ինչպես իմ տանջանքներից
Քո քաղցր անունով երգեր փնջեցի,
Վառ ծիածանը ամպերի մեջքից
Խլեցի, բերի քեզ համար գոտի…
Հիշիր, թե ինչպես իմ արցունքներից
Պսակ փնջեցի, քույրիկ, քեզ համար,
Աստղիկ ու լուսնյակ քեզ զարդեր բերի,
Քեզ նվեր բերի սիրտս վշտահար…

***

Նայում են ցոլուն աստղերը անշեջ
Լուռ անապատին քնքուշ հայացքով.
Եվ ծավալվում է մըռայլ հոգուս մեջ
Լուռ անապատը խո՛ր գաղտնիքներով:

Եվ նրա անհուն, հավերժ դողանջուն
Վեհ լըռության մեջ մըտորում եմ ես,
Հոգիս այրում են և թևավորում
Այն վառ աստղերը պատգամների պես…

***

Ներկա եղա սիրեկանիս պսակին՝
Ուրախ դեմքով, կրծքիս ծաղիկ արնավառ,
Որ ինձ տեսներ, իրեն ուտեր զայրագին,
Թե դրուժն իր՝ արժեք չունի ինձ համար,
Աչքիս նայեր, կարդար անհույս իմ հոգին,
Խիղճը խոցվեր, իրեն դահիճ միշտ զգար:

***

Նորից եկան գարնան անո՜ւշ օրերը,
Ցուպս առնիմ, ընկնիմ սար ու ձորերը. –
Միրտըս կուզե հեռո՜ւները սավառնել,
Նո՛ր ուղիներ, նո՛ր աշխարհներ թափառել:

Սեզ ժայռերի վայրի, խուլոր բարձունքեն
Վարդեր քաղեմ ու ճակատըս պըսակեմ.
Սարերն ի վեր ամպերի պես բարձրանամ,
Արծըվի հետ այրված կուրծքըս հովին տամ:

Արևն ելավ ոսկի հուսքերն ուսերին,
Զառ հավքերը իրար անո՛ւշ ձեն տվին.
Միրտըս զվարթ՝ արտուտի պես թըռվռուն՝
Դեպի արև, դեպի ճամփա է թըռնում:

Եղնիկները ցողաշաղաղ սարն ելան,
Նրանց հետքից թռչկոտելով սարն երթամ.
Խարույկի շուրջ, հովիվների, հոտի քով,
Սերըս երգեմ՝ քաղցր շըվին ծոր տալով:

Որտեղ մըթնի, այնտեղ քնիմ միայնակ,
Վառ աստղերի, կապույտ երկնի ծածկի տակ.
Ուռիները հովերի հետ միասին
Ինձ գուրգուրող օրոր կասեն՝ որ քնիմ:

Եվ ծեգը ինձ համբուրելով ձեն կըտա.
Կուրծքըս լիքը թարմ բուրմունքով կըթնդա.
Ու կարկաչուն աղբյուրների ցողերով
Կըլվացվիմ և կըճախրեմ նոր ճամփով:

Կերթամ հեռո՜ւ անապատներ ու ծովեր,
Կըթափառեմ անհայտ վայրեր, աշխարհնե՜ր,
Ուրիշ ազգեր, ուրիշ սըրտեր տեսնելու
Եվ ամենը հասկանալու, երգելու:

Եվ բընության հըրաշքները կըտեսնեմ,
Նըրա լեզուն, հազար տեսակ, կըլսեմ.
Ուրիշ երկինք, ուրիշ աստղեր զըկելու…
Եվ ամենը խորն զգալու, երգելու…

— Է՞յ դու, անգին, թափառական, վսեմ կյանք,
Հեռուների, անհունների իմ տենչանք.
Քո շնորհիվ հըրեղե՞ն եմ, թևավոր,
Աշխարհին իմս է, գըլխիս տերն եմ ու հզոր…

***

Նրանք իմ կյանքը երազ դարձուցին –
Կուսական մաքուր աչերը անո՛ւշ.
Ցամաքած սիրտըս նորից լացուցին,
Հոգիս վառեցին երգերով քնքո՛ւշ,
Շուրջըս փռեցին աստղիկ ու ծաղիկ –
Կուսական մաքուր աչերը անո՛ւշ…

***

Նման գայլերի խըմբին ամեհի,
Ձըմռան գիշերին ոռնում է քամին.
Եվ իմ պարտեզում – մռա՛յլ, ամա՛յի,
Խեղճ ուռիներիս ջարդում է քամին,

Ա՞խ, մանկուց լացեց քո սերը, սի՛րտ իմ,
Ոչ ո՛ք չհասկացավ երազդ աղվոր.
Զուր մի՛ որոնիր սիրտ մի մտերիմ, —
Ծնվել է ոգին հավերժ մենավոր,

Հանի՛ր քո սերը սըրտիցըդ անհույս,
Այդ խորթ, ապօչեն զավակն աշխարհի, —
Ձգի՛ր այս դաժա՛ն, մո՛ւթ գիշերին դո՛ւրս՝
Ցուրտ քամու բերան… թո՛ղ երթա սառի…

Թո՛ղ լա, հեծեծա սերըս՝ որբ, անմա՛յր,
Եվ քամին լացը նրա թո՛ղ տանի
Ալեկոծ ծովեր, անապատ մի վայր,
Սակայն մարդո՛ւ մոտ… երբեք չըտանի…

Ռռնում է քամին, վայում ղժնդակ
Մռայլ գիշերին ձյուն - ձմեռնային.
Եվ սերըս ջարդված ուռիների տակ
Մեռնում է մենակ. Թո՛ղ երթա՝ մեռնի…

***

Նա մի փոքրիկ աղջիկ է՝
Լուսափթիթ աղավնի,
Կհանդիպեմ ամեն օր,
Խելքս գլխես կտանի:

Ո՞ւրկից կըգա, չգիտեմ,
Ո՞վ է, ի՞նչ է, ո՞ւր կերթա.—
Կուզեմ ընկնեմ ետևեն,
Երթամ, ուր որ նա կերթա,

ՆՈՐ ՏԱՐՈՒ ԳԻՇԵՐԸ

Գիշերվա կեսին զանգակատնից
Հնչեց նոր տարվա ժամը ցնծալից:
Անցավ հին տարին, անցել է ինչպես
Մի հավերժություն մինչև այս րոպես,
Մի հավերժություն անհուն, անսահման,
Որ չքացել է ոչընչի նըման:

Եվ բեռնավորված հույսով ու վախով՝
Մեռավ հին տարին իր հետ թաղելով
Ապարանքները իմ երազանքի,
Որ շինել էի միշտ ժամանակի
Քանդվող ծովափին…

Եվ ի՞նչ կա այսօր,
Կանգնել եմ մենակ և ուղեմոլոր՝
Ու միտք եմ անում – չքքացավ անդարձ
Հրճվանքը կյանքիս, և՛ վիշտը մնաց
Սրտիս հատակում, ինչպես սև մրրուր…

Կանգնել եմ հիմա անհույս և թափուր՝
Աչքերըս սուզած խավար անհայտում
Գալիք օրերի, — ականջ եմ դընում
Զանգակատնից խորին գիշերին
Նոր տարվա ժամի հընչող զարկերին,
Որ ինչպես սըրի հարվածներ բեկ-բեկ
Կտրում են կյանքիս թելերը մեկ-մեկ…

***

Շուշան աղջի՛կ, քու գերին եմ,
Կալ ու կապված անշղթա.
Սիրտըս վառվավ սիրուղ բոցեն,
Պապաք-ծարավ էրվեցա:
Իսկ Շուշանը գավը ուսին
Դեպի ձորն է թռչկոտում,
Աչք չի քըցում խեղճ տըղին:
Ծով-աչերիդ ծով-կարոտով
Շվաք եղա, ման եկա.
Օրերս անցան ախ ու վախով,
Ես հալ ու մաշ թել դարձա:
Իսկ Շուշանը աղբրագովին
Կուրծքը՝ արձակ, հուսքն՝ արձակ
Վարդ երեսն է լվանում:

Ես քարի պես ժեռ է հոգիդ,
Էս այրի պես՝ լուռ ու մութ.
Էրվեց, մոխիր դառավ գերիդ,
Ա՜խ, Շուշա՛ն ջան, ա՜խ, անգու՛թ…
Իսկ Շուշանը գավը ուսին՝
Զուլալ ջուրն է տուն տանում,
Աչք չի քըցում խեղճ տըղին:

***

Շղարշ-ամպերն երկինքն առան,
Լուսնակն անդորր կշողա,

Լռիկ ճահճում հարիանդ-մարմանդ,
Նուրբ եղեգը կդողա:

Արագիլը՝ մենակ ու լուռ,
Եղեգնի մոտ կքայլե.
Կմտորե՝ խոր ուտխուր,
Ճահիճն աղոտ կփայլե:

Մռայլ ափին մենակ նստած՝
Միրտս անուշ կթաղծի.
Եվ անուրջում միտքս թաղված՝
Քունն աչերիս կիանգչի...

***

Շարա՜ն-շարա՜ն ամպերն եկան.
Ա՜խ, մուժն առավ իմ չամփեն.
Ո՞ւրտից կուգամ, ո՞ւրտեղ կերթամ,
Միտքըս՝ շըվար, ու չիտեմ:

Էս ինչ կըսկիծ սիրտըս ծեծկեց,
Քուրի՛կ, քեզնեն հեռու կերթամ:
Վարդի փուշը սիրտըս ծակեց,
Դարդը սըրտիս խոլոր կերթամ:

Սար ու ձորեր ձունն է իջեր,
Քամին պա՛ղ-պա՛ղ կըփըչե.
Ես մենակ եմ, ես՝ անընկեր,
Քամին ճակտիս կըփըչե,
Շարա՜ն-շարա՜ն ամպերն եկան.
Ա՜խ, մուժն առավ իմ ճամփեն.
Ո՞ւրտից կուգամ, ո՞ւրտեղ կերթամ,
Միտքըս՝ շըվար, ու չիտեմ,

***

Շառաչելով մի վառ աստղիկ,
Երկրի կրծքին վայր ընկավ.
Բայց երկիրը մնաց լռիկ,
Աստղն էլ լռեց ու հանգավ:

Իմ վառ սերս բոցով-երգով
Սրտես սուրաց, սիրտդ ընկավ,
Սիրտդ մնաց մունջ-անվրդով,
Սակայն… սերս չհանգավ…

***

Շատ մի՛ տխրիր, շատ մի՛ խնդար, սիրելիս,
— Այս աշխարհում և ոչ մի բան հիմք չունի.
Վաղանցուկ են, կան ու չկան, սիրելիս,
Բոլոր իրերն ու աստղերը անհունի:

Լայնսիրտ եղիր, ողջը երազ համարե,
— Այս աշխարհում և ոչ մի բան միտք չունի.
Լացը՝ ժպիտ ու սերը՝ ցավ համարե,
Թե որ ապրես, կյանքըդ ինչո՞ւ համար է:

Ախ, մի՛ տխրիր, վիշտը կանցնի, — այդ ոչինչ,
— Այս աշխարհում և ոչ մի բան գին չունի.
Շատ մի՛ հրճվիր, սերն էլ կանցնի, բայց ոչինչ,
Կյանքն էլ կանցնի, — այդ որ ոչինչ ու ոչինչ:

***

Շափա՜ղ կուտաս բաղի միջին,
Ա՜յ կարմիր վա՜րդ, շաղի միջին.
Բուրմունքի պես հյուսվում ես վեր
Իմ զառ ու լալ խաղի միջին,

Խելքս է տարվել քո ալ-վարդին,
Ճար չես անում իմ ծով դարդին.
Բլբուլի պես թռնիմ քեզ մոտ,
Կարոտել եմ ծոցիդ զարդին:

***

Շա՜տ եմ տանջվել այս աշխարհում,
Շա՜տ եմ լացել այս աշխարհում.
Այն աչքերը, որ չեն լացել,
Բան չեն տեսել այս աշխարհում:

ՇՈՊԵՆԻ ԹԱՂՄԱՆ ՔԱՅԼԵՐԳԸ

Մի շքեղ, սիրուն երիտասարդի
Թաղման թափորն էր:
Սգանվագը հնչում էր տխուր.
Գնում էինք լուռ,
Դանդաղ, մտազբաղ՝
Եվ նվագի մեջ լսվում էր, կարծես,
Հուսաբեկ ձայնը թշվառ տղայի.—
«Լացե՜ք իմ վրա,
Լացե՜ք ձեր վրա.
Ողբանք միասին
Մարդկության վրա,
Որ կա, և չկա…»:

***

— «Որսկան ախպե՛ր, սարեն կուգաս,
Սարի մարալ կը փընտրես.
Ասա՛, յարա՞բ դուն չը տեսար
Իմ մարալըս, իմ բալես.

Դարդի ձեռքեն սարերն ընկավ,
Իմ արևս, իմ բալես.
Գըլուխն առավ, քարերն ընկավ
Իմ ծաղիկըս, իմ լալես»…

— «Տեսա, քուրի՛կ, նըխշուն բալեդ
Կարմիր-կանանչ է կապեր,
Սիրած յարի համբուրի տեղ
Սըրտին վարդեր են ծըլեր»:

— «Որսկան ախպե՛ր, ասա, յարաբ
Ո՞վ է հարսը իմ բալիս,
Ո՞վ է գրկում չոր գլուխը
Իմ մարալիս, իմ լալիս»:

— «Տեսա, քուրի՛կ, դարդոտ բալեդ
Քարն է դըրեր բարձի տեղ.
Անուշ քընով տաք գընդակն է
Կըրծքում գըրկեր յարի տեղ:

Սարի մարմանդ հովն է շոյում
Ճակտի փունջը մարալիդ,
Ծաղիկներն են վըրան սըգում,
Ազիզ բալիդ, խեղճ լալիդ»…

***

Ո՛չ իշխանություն, ո՛չ կռիվ, ո՛չ կին
Չեն հափշտակում հիվանդ իմ հոգին:
Ղողանջն է միայն ձիգ քարավանի
Հեռավոր, անհայտ ճանապարհների
Հրապույրներով դյութում իմ հոգին
Թափառումների տենչով անմեկին…

***

Որտե՞ղ է ընկած
Այն քարը հիմի,
Որ հողիս վրա
Շիրիմ պիտ լինի,

Իմ թափառ կյանքում,
Մարդ ի՞նչ իմանա,
Չե՞մ նստել, թախծել
Այդ քարի վրա…

***

Ոսկի թիթեռնե՛ր – ոսկեհուր աստղե՜ր –
Ծո՛վ մարմարայի – լուսեղեն անո՛ւրջ.
Գինով գիշերներ, լուսնի վառ շողե՜ր,
Մույգ նոճիների դյութական մրմո՛ւնջ…

Հուշերը նորից սիրտըս են տանջում,
Լուսեղեն երա՛զ, որ հիմա չկա.
Հոգիս մենավոր, վաստակած թռչուն,
Խավար ու խորին ծովերի վրա…
Մի երգ գիտեի՝ անո՛ւշ, ոսկեշո՛ւնչ,
Լուսեղեն երա՛զ՝ հեռո՜ւ, հեռավո՛ր.
Ա՜խ, նոճիների դյութական մրմունջ,
Օրօրե՛ք մեղմիկ հոգիս վիրավոր…

***

Որտե՞ղ պիտի հանգչի մի օր
Գլուխս անտուն, թափառական.
— Անապատո՞ւմ՝ չոր ու տոչոր,
Թե ծովափին ալեծածան:

Վըրաս պիտի ձըգե՞ քամին
Անուշ հողը մեր դաշտերի,

Պիտի բերե՞ արցունքդ անգին,
Ի՛մ հեռավոր, ի՛մ սիրելի…

ՈՂՋՈՒՅՆ ԱՄԵՆՔԻՆ

Ամսավերջին ապրիլի
Միտքս խոցուն՝ ելա դաշտ,
Բնությունը գրկեց ինձ,
Ինչպես մի մայր սիրաշատ:

Շուրջս փռվել էր հրաշք,
Առավոտն էր բողբոջում,
Նժույգի պես ոսկեբաշ
Արեգակն էր վրնջում,

Հավքերն ուրախ երգեցին,
Ինձ ժպտացին ծիլ ու սեզ,
Որ իրենց պես սրտագոհ,
Զվարթ լինեմ իրենց պես:

Ի՜նչպես խայտում են, խնդում,
Ծփծփում են թևաբախ,
Ուլեր, գառներ լուսազեղմ
Եվ թռչունները չքնաղ,

Եվ ծաղիկներ, թիթեռներ,
Եվ զեփյուռներ քաղցրաբույր,
Ծիծեռնակներ սրաթև,
Եվ դայլայլող ակն—աղբյուր:

Ու սրտիս մեջ մեկը ինձ
Խոսք է ասում մտերիմ, —
«Կանգնի՛ր, ո՛վ մարդ, և սիրով՝
Ողջագուրիր ամենքին:

Գլուխդ բա՛ց, ողջունի՛ր
Եղնիկներին, ծառերին,
Թռչուններին, թփերին,
Առվակներին, գառներին:

Նրանք հավերժ հարազատ
Եղբայրներն են քո խոնարհ,
Ծնած-սնած մի մորից
Քույրիկները քո բարի:

Ծունըր իջի՛ր երկյուղած,
Եվ այս մամռոտ ժայռը մեծ
Խոնարհ սրտով համբուրի՛ր –
Նա եղբայրն է քո երեց»:

***

Չգիտեմ, թե ուր
Անհայտ, հեռավոր
Մի սիրտ կա տխուր,
Մենակ, մենավոր.

Նա է՝ ուշ գիշեր
Իմ դուռը ծեծում,
Նա է՝ միշտ անտես,
Կրծքիս հեծեծում...

***

— Պարզըկա գիշե՞ր...
Աստղերն երկնքում լուռ պսպղում են,
Շողերը լուսնի դիպել են սարի
Ձյունոտ կողերին – կողերը ցոլում,
Պեծին են տալիս:

Քամին ցրտաշունչ
Թևերը փռած փնչում է, թռչում,
Երկիրը սառած ճաքում—ճարճում,
Ձյան հատիկներով կուրծքը քարափի
Ծեծում ու ծեծկում...

Անծա՜յր ճանապարհ...
Առա՜ջ եմ գնում – ո՞ւր, — ես չըգիտեմ,
Սառո՜ւյց ու ձմե՜ռ.
Առաջ եմ գնում անհո՛ւյս, անընկե՛ր,
Քամի ու գիշե՛ր...
— Ա՜խ, եթե հանկարծ հույսըս շողշողար, —
Նա ինձ ողջունե՜ր...

***

Պա՜ղ-պա՜ղ փըչեց աշնան քամին,
Ուռիները դող առան.
Տերևները՝ չոր ու դեղին
Տխո՛ւր, տխո՛ւր վար ընկան:

Մենակ ազռավն ծառի ճյուղին
Լուռ ծըվարեց սև հագած.
Ա՜խ, մեկ էլ ես ձեռըս ծոցիս՝
Աչքըս ձեր դռան մնաց:

***

Պատերազմ ահեղ,
Աշխարահեղեղ...
Իմ հա՜յ ժողովուրդ,
Քաջ հայրերիդ պես
Կռվում ես դու,
Սակայն չգիտես՝
Ո՞վ է թշնամիդ.
Եվ հիմա դժնյա
Այս չգնաժամիդ
Կանգնել ես մենակ
Վեհ քարերիդ մեջ,
Սեգ լեռներիդ տակ՝
Եվ որդեկորույս,
Եվ ուղեմոլոր...

ՌԱՎԵՆՆԱՅՈՒՄ

Արարատի ծեր կատարին
Դար է եկել, վայրկյանի պես,
Ու անցել:

Անհուն թվով կայծակների
Սուրն է բեկվել ադամանդին,
Ու անցել:

Մահախուճապ սերունդների
Աչքն է դիպել լույս գագաթին,
Ու անցել:

Հերթը հիմա քոնն է մի պահ.
Դու էլ նայիր սեգ ճակատին,
Ու անցիր…

ՌԱԶՄԱԿՈՉ

Գիշեր է մռայլ, ամպամած գիշեր:
Հողմեր են փչում, շաչում են հողմեր
Դավաճան երկրից մեր նենգ թշնամու
Մեր նվիրական դաշտերի վրա:
Գոռ ալիքներն են լեռնանում ընդոստ
Մեր խռովահույզ ծովերի վրա:

Է՜յ ազատ Մասիս, երկնասույզ գահեր,
Է՜յ երկաթակուռ խրոխտ գագաթներ,
Շանթե՞ր եք զողում, սուրե՞ր եք կռում,
Հրեղեն ցասում ընդդեմ թշնամուն:

Էյհե՜յ, լսեցեք. Վեհ հայրենիքի
Կտրիճ զավակներ, ժողովուրդներ քաջ,
Ելե՛ք, զարթնեցե՛ք,կանգնեցե՛ք արթուն.
Գիտցե՛ք, քնում են գետերն ու քամին,
Սակայն չի քնում, երբեք թշնամին:
Ահա՛ ոճրամիտ մեր ոսոխը չար

Շղթա է բերում, լուծ ու կապանքներ՝
Ընկճելու ազատ մեր եղբայրներին
Եվ անարգելու հայրենիքը մեր:

Էյհե՜յ, լսեցեք, ձայն տվեք իրար,
Ամենքդ ե՞ք ոտքի, մարդ քնած չկա՞.
Շո՜ւտ հագեք—կապեք զենքեր ու զրահ,
Գոտեպնդվեցե՜ք ատելությամբ վառ,
Գոտեպնդվեցե՜ք անձնազոհ կամքով,
Գոտեպնդվեցե՜ք ահեղ վրեժով,

Շառաչե՜ք ուժգին, կաղնիներ հզոր,
Խոլ վրնջացե՜ք, նժույգներ խիզախ,
Մրրիկի նման զարկեցե՜ք շեփոր,
Դեպի ռազմի դաշտ, դեպ հերոսացում,
Դեպի ռազմի դաշտ սուրբ դրոշի տակ
Դեպի բարձունքը մահի ու փառքի,
Վանեցե՜ք հեռու թշնամուն վայրագ,
Մեր խրճիթներից, մեր հնձաններից,
Մեր արտ ու կալից վանեցե՜ք հեռու:
Հավերժ պիտ մնա հայրենիքը մեր,
Հզոր և ազատ և հավերժ կանգուն
Մեր իղձերի սուրբ արևի տակ:

Դեպի ռազմի դաշտ, դեպ հերոսացում,
Դեպի բարձունքը մեծ Հաղթանակի:

* * *

Սի՜րտ իմ, սպասի՛ր, գուցե արշալույս
Ողջունե երկինք, գուցե մանուշակ
Շա՜ղ տա բյուրեղներ, գուցե մի նոր լույս
Հալածե մութը, գուցե հաղթանակ
Տանիս կռվի մեջ – մի՜ հուսահատվիր.
Ապրի՛ր մինչ կա կյանք, մինչ նորոգ հույսի
Կախարդ հորիզոն… Սի՜րտ իմ վշտակիր,
Ինչո՞ւ ես հեծում, մի՞թե ամեհի
Օձն է ճնշում քեզ – կասկածը անհույս,
Ձանձրույթը դաժան… մի՞թե խորտակվեց

Մերը սրբազան – երկինքը հոգուս…
— Տանջըվի՛ր, հուսա՛…

***

— Մի՛րտըս երկինք է…

Ամեն արարած
Աստղ ունի այնտեղ –
Գահ ունի այնտեղ:
— Մի՛րտըս երկինք է…

Բու՛յր կուտա ծաղկին,
Սեր կուտա կույսին,
Կյանք կուտա անկյանք,
Չոր անապատին –
Ամայի սրտին…
Միրտըս երկինք է…

***

Սև աչերեն շա՛տ վախեցի՛ր, —
Էն մութ, անծեր գիշեր է.
Մութըն ա՛հ է, չարքեր շա՜տ կան, —
Սև աչերը մի՛ սիրե:
Տես իմ սիրտըս – արուն—ծով է.
Էս չարքերը զարկեցին
Էն օրվանեն դադար չունիմ, —
Սև աչերը մի սիրե…

***

— Միրո՛ւն աղջիկ, երկիր լինիմ,
Դուն ի՞նչ կըլնիս:

— Միրո՛ւն տղա, զարուն կըլնիմ,
Քեզ զարդարեմ:

— Անո՛ւշ աղջիկ, երկինք լինիմ,
Դուն ի՞նչ կըլնիս:

— Անո՛ւշ տըղա, արև կըլնիմ,
Միրտըղ վառեմ…

***

Միրեցի, յարըս տարան.
Ցարա տըվին ու տարան.
— Էս ի՞նչ զուլում աշխարհ է,
Միրտս պոկեցին, տարան:

Ցավըս խորն է, ճար չըկա,
Ճար կա, ճար անող չըկա.
— Էս ի՞նչ զուլում աշխարհ է,
Սրտացավ ընկեր չըկա:

Լա՛վ օրերըս գնացի՜ն,
Ափսո՜ս ասին, գնացի՜ն.
— Էս ի՞նչ զուլում աշխարհ է,
Սև դարդերս մնացին…

***

Սև- մութ ամպեր ճակտիդ դիզված,
Դուման հազար, Ալագյա՛զ,
Սրտումս արև էլ չի ծաղկում,
Միրտս է՛լ դուման, Ալագյա՛զ:

Ջառ փեծերըղ անցա, տեսա,
Առանց դարդի սիրտ չըկար,
Ա՛խ, իմանաս, ջա՛ն Ալագյազ,
Իմ դարդիս պես դարդ չկար…

—Է՞յ Մանթաշի ռլխշուն հավքե՛ր,
Իմ դարդըս որ՝ ձերն եղներ,
Ձեր էղ զառ – վառ, խաս – փետուրներ
Կսննային, քանց գիշեր:

— Է՞յ Մանթաշի մարմանդ հովե՞ր,
Իմ դարդըս որ՝ ձերն եղներ,
Ձեր ծաղկանուշ բուրմունքն անուշ
Թույն ու տոթի կփոխվեր:

—Հե՞յ վա՞խ... կոտրան իմ թևերս,
Ընկա զիրկըղ, Ալագյա՛զ.
Ա՞խ, մեծ սրրտիդ սեղմեմ սիրտս,
Լամ, արուն լամ, Ալագյա՛զ...

ՍԵՐՈԲԻ ՀԻՇԱՏԱԿԻՆ

Ոսկե գագաթը բանձրիկ Նեմրութա
Վա՛ռ-վա՛ռ կըշողա մեջ Վանա ծովուն.
Ազիզ անունդ, քաջ Սերոբ-փաշա,
Ալմաստով փելուն մեջ մեր սրտերուն.
Թո՛ղ արարքներուդ արժանի գովքն էլ՝
Խղճուկ գուսանիս անզարդ երգերում
Ջինջ աղբյուրի պես զլա, զլզլա...

Նեմրութա սարը հազար ակն ունի՝
Հազարն էլ Մըշու դաշտն ի վայր կերթա.
Մենակ սերոբի աղբյուրը սրտի
Խեղճ ժողովրդի սրտի մեջ կերթա—
Ազատ օրերի, դալար օրերի
Ծարավ ժողովրդի սրտի մեջ կերթա...

Նեմրութա սարը քառսուն ծեռ ունի,
Քառսունի գլխուն մարմար քարափ կա. –
Էն քարփի վրա արծիվն է նստեր –
Ժեռերի արքան իր գահի վրա,
Ու կտուցի մեջ մի սիրտ է բռներ,
Եվ զիլ կը կանչե, չորս դին ձեն կուտա
Սարերի արքան ամպերի վրա...

— «Է՜յ, ականջ արե՛ք, հովե՜ր ու հավքե՜ր,
Կտրիճ Սերոբի սիրտն է կրտցիս մեջ, —
Սիրտը, որ ձեզնեն բանձրանց կթռներ:
Է՜յ, ականջ արե՛ք, սարե՛ր ու ձորե՛ր,
Սերոբ-փաշայի սիրտն է կրտցիս մեջ, —
Սիրտը, որ ձեզնեն մեծ էր ու խորն էր:
Սերոբ-Աղբյուրը ազատ Նեմրութից
Աղբյուրի նման վազեց լեռն ի վայր
Ու հեղեղ դառավ, ահ ու մահ սփռեց,
Զարկեց ու ջարդեց հայու դուշմանին՝
Քուրդին ու թուրքին հարո՛ւր ու հազա՛ր:
Ա՜խ, քուրդն ու թուրքը վախկոտ են, նամարդ,
Միրտ չունին կայնել ճակատ առ ճակատ.
Փաշա, փատիշահ աղվես են, նամարդ,
Միրտ չունին կռվել ճակատ առ ճակատ:
Յոթ տարի բոլոր ետևեղ ընկան,
Շվաքդ տեսան, յոթը ծակ մտան.
Վերջն հազար դավով, հազար խաղերով
Ընկար, քա՛ջ Սերոբ... Ու երբ դուն ընկար,
Ես եկա, հասա, սիրտդ հանեցի,
Որ գեշ դուշմանին փայ—բաժին չըլնի:
Իգիթ սիրտը քաջ սերոբի
Արևի պես
Նեմրութ սարում՝ լո՛ւյս կուտա,
Ու քարերում, սև հողերում
Թեկուզ թաղեմ՝ չի մարի, —
Սուրբ վաթանի, ազգի սիրուն
Զուր հավիտյան չի մարի:
Կտրիճ սիրտը քաջ Սերոբի
Արևի պես
Նեմրութ սարում բո՛ց կուտա.
Սարի սառույց, ձյուների մեջ
Թեկուզ թաղեմ՝ չի սառի,
Ժողովրդի ազատ օրվա,
Պատվի սիրուն՝ չի սառի,
Զուր հավիտյան չի սառի»...
Նեմրութա սարը հազար ակն ունի,
Հազարն էլ Մըշու դաշտն ի վայր կերթա.
Խեղճ ժողովրդի սրտի մեջ կերթա,
Ազատ օրերի, դալար օրերի
Ծարավ վաթանի սրտի մեջ կերթա...

***

Սալոտ ձորերում, կըռվի ձորերում
Հայդուկն է ընկել խոր վերքը սրտին, —
Վերքը վարդի պես բացված կարմըրուն,
Ու ձեռքն է զըցել կոտրած հրացանին:

Արնոտ դաշտերում ծըղրիդն է ծըղրում,
Հայդուկն է ընկել մահվան խոր քընով.
Հայդուկը հոգում երազ է տեսնում,—
Հայրենի աշխարհին ազա՜տ, ապահո՛վ…

Տեսնում է… արտում շընկշընկում,
Փայլուն գերանդին զընգում է անո՛ւշ.
Ու փոցխ են քաշում սիրուն աղջըկունք՝
Հայդուկի վրրա երգելով անո՜ւշ…

Սալոտ ձորերում ամպեր են անցնում,
Հայդուկի վրրա արծիվն է գալիս.
Ա՜խ, սև աչերը արծիվն է հանում.
Հայդուկի վրրա ամպերն են լալիս…

***

Սարի հովի պես ամպերի փեշով
Արծըվի թևին զարկեմ ու երթա՜մ.
Զինջ աղբյուրի պես դալուկ անտառով
Չոր տերևները զրկեմ ու երթա՜մ…

Ա՜խ, կյանքըս թռշնեց ու ցընորքներըս
Գնացին աշնան հավքերի նման,
Դու էլ ծաղրեցիր վառ արցունքներըս.—
Սիրուս երազը ողբամ ու երթա՜մ…

Վարդի ու զարնան անուշիկ երգեր
Կյանքի ափերից զըլգըլա՜ն, կուզա՜ն…
Է՛հ բավական է… Ես վաղ եմ հանգել,
«Մնաք բարևս» մրմնջա՜մ, երթա՜մ…

***

Սուրբ հայրենիքս երգել կուզեի
Իմ երգերի մեջ հոգեբուխ, հնչուն.
Երկնի հետ խոսող լեռներն վիթխարի.
Եվ թռիչքն արծվի այն վե՛հ բարձունքում:

Մայր-ժողովուրդս երգել կուզեի.
Հորձուտ Արաքսը չքնաղ ափերով,
Հրեղեն նժույգն երգել կուզեի
Մասսա լանջերում արարշավ տալով:

Հայ կտրիճներին երգել կուզեի
Եվ կռվի կոչը՝ հպարտ ու վայրի,
Սուրբ ազատության տոնը հաղթական.
Եվ վառ ապագան իմ հայրենիքի...

Բայց կոպիտ ձեռներ
Փշրեցին սրտիս քնարը՝ բեկ-բեկ.
Բայց կոպիտ ձեռներ
Կտրեցին նրա լարերը՝ մեկ-մեկ...

***

Միրաժներիս կորուստի հետ
Չհաշտվեցի ես երբեք.
Անհրաժեշտի իմաստի հետ
Չհաշտվեցի ես երբեք:
Իզուր ինչքան միտքըս ջանաց
Սրտիս մի խոսք հասկացնել.—
Իրերի հոսման փաստի հետ
Չհաշտվեցի ես երբեք:

***

Սավառնում ես ցնծությամբ վառ՝
Քո սիրո հետ պուրակի մեջ:

Հավերժական զգում ես քեզ
Եվ քո հուրը հավերժ անշեջ:

Սգավորներ՝ ծանր ու դանդաղ՝
Տանում են լուռ մի սև դագաղ:

Մի օր էլ քեզ պիտի տանեն
Այսպես լռիկ ու տրտմաւուշ,

Եվ քեզ նման այս պուրակում
Պիտ հուրիրա մի անմահ զույգ...

***

Վառ արևի շողքը խաղաց
Լուսադեմին իմ ճակտին.
Աղունիկն էլ թռավ, եկավ,
Նստավ բանտիս լուսանցքին:

Ա՜խ, շա՜տ սրտանց կարոտցեր եմ
Աղունիկիս, արևիս.
Ե՞րբ պիտ ոտքերն ընկնիմ, գրկեմ
Աղունիկիս, արևիս...

***

Վառ երկինքը լուռ գիշերով
Երկրի կուրծքը համբուրեց.
Աստղ-աչերը լցվան սիրով,
Օվկիանոսը խոր երգեց:

Ու՞ր է փախչում հոգիս անհուն
Այս աշխարհի իրերից.
Եվ իրերի անդրաշխարհում
Ի՞նչ է պտրում, տենչում նա:
Միայն ես էի հասկանում ինձ,
Եվ ես էլ ինձ չհասկացա:

***

Վարդի շրթունքըդ, աղջի՛կ աչագեղ,
Համբույրի համար հասել է ահա.
Օ, մի՛ արձակիր մազերըդ շքեղ
Հոգնած, ջարդված իմ կըրծքի վրա:

Գարունը վաղուց գնաց իմ սրտեն,
Եվ սիրտըս հիմա՝ ծանըր, վըշտահար, —
Վարդի շրթունքըդ հասել է արդեն
Հնչուն համբույրի, բայց ոչ ինձ համար…

***

Վայում է քամին՝ ցուրտ, ձմեռնամուտ,
Չոր տերևները շուրջս է դիզում.
— Ո՞վ է իմ սիրտը տրորում անգութ,
Սև մազերիս մեջ ճերմակ է հյուսում:
Զյունը պատանքով ճամփես է ծածկում,
Սիրտս գերեզման՝ մռայլ ու անհույս,
…Հատ-հատ իմ թաղման զանգերն են զարկում,
Ու մի սիրտ վրաս լալիս է քնքուշ…

***

Վտարված եմ ես
Հայրենի երկրից.
Մի անհայտ ուղի
Լուռ տանում է ինձ:

Ու՞ր եմ գնում ես,
Ու՞ր պիտի հանգչիմ,
Ու՞ր պիտի լինի
Կայանըս վերջին:

Զյունն եկավ, ծածկեց
Ուղի ու կածան.

Որոնց սիրել եմ,
Ինձ օտար դարձան:

Ա՜խ, չար բախտիս դեմ
Իմ խավար հեռվում
Մի աղոտ ճրագ
Արդյոք չի՞ վառվում:

Վայում է քամին,
Խիստ բուք է հիմի.
Թող իմ թշնամին
Անտուն չլինի…

ՎԱՀԱՆ ՏԵՐՅԱՆԻ ԱՆՄԱՀ ՀԻՇԱՏԱԿԻՆ

Աւին՝ գնացող մեկը կա մոսկվա,
Ու քեզ մի նամակ գրել ուզեցա.
Առաջին էջը նոր էի սկսած,
Որ հյուրեր եկան, ու կիսատ մնաց…

Բայց երբ առավոտը թերթը ձեռքս առա,
Քո մահվան բոթը սոսկումով տեսա…
Դիրտըս կսկիծով այվեց շանթահար,
Մի՞ թե իրավ է, մի՞ թե դու մեռար:

Ա՜խ, ինչքա՜ն բաներ կուզեի ասել,
Չէ՞ որ վաղուց է՝ քեզ չեի տեսել…
Այդ ո՞վ հանդգնեց, հանճարդ շքեղ,
Հանգցնել հոգուդ աստղերը բյուրեղ.

Զգացումների դո՛ւ լույս—շատրվան,
Դո՛ւ, ոսկի հեքիաթ, երազ դյութական,
Մի՞ թե դու չկաս, մի՞ թե դու մեռար,
Անմահ գեղեցկի իշխան սիրահար:

Ինչո՞ւ է ծագում արևը կրկին,
Ինձ ծաղր է թվում, և՛ տաղտուկ, և՛ սին.
Ամեն ինչ՝ ունայն…
Ընկեր իմ անգին,

Իմ վաղուց սիրած հոգի մտերիմ…
Ո՛չ, դու չես մեռել, քո գիրքը ահա՝
Հրաշք երգերդ՝ իմ կրծքի վրա,
Կարդում եմ անդուլ և մարգարտաշար
Քո սուրբ տողերից լսում անդադար
Ձայնդ անուշիկ, քո պատկերդ հեզ
Առջևս է կանգնում, համբուրում եմ քեզ
Խորունկ կարոտով…
Բայց աաա՛, ինչո՞ւ
Այսպես շտապով հեռանում ես դու,
Ա՜խ, աաա՛, ե՞րբ ես դու ինձ մոտ գալու,
Մի՞թե իրարու էլ չենք տեսնելու.
—«Կյա՛նք, տխուր հովիտ՝ հավիտյան լալու…»:

***

Վերջին հորձա՛նք իմ ցնորքի,
Գրոհ տվիր կյանքիս վերջին,
Ձեռիդ անհուն բաժակ ոսկի՝
Արբեցումի հրով վերջին:

Սեգ մազերդ օձախոհիվ
Խճճեցին ուղիս վերջին.
Անհագ հոգիս լցվեց լրիվ
Մահասարսուռ սիրով վերջին:

Արյունս հիմի աչքս առած՝
Դեմդ եմ կանգնել դողով վերջին.
Սիրտս փռված՝ սիրուդ առաջ,
Մահ խոցեցիր սրով վերջին…

***

Տիեզերքի պերճ հյուսվածքն եմ,
Իմ մեջ երկինքն է երգում.
Բռնկում է սիրո հրդեհն,
Վշտի հեղեղն աղմկում…

Եթե հոգուս ձոխ երգերից
Մի մեղմ հնչյուն, նազելի՛ս,
Քո ականջը միայն շոյե,—
Հիացքներով կըղյութվիս:

Եթե սիրուս վառ հրդեհից
Մի նսեմ կայծ, սնաչյա՛,
Վառ սրտումըդ միայն շողա,—
Բուռն հույզերով կայրվիս:

Եթե վշտիս ջերմ հեղեղից
Մի ջինջ կաթիլ, սիրելի՛ս,
Չքնաղ կրծքիդ միայն ծորե,—
Բյուր վշտերով կըլցվիս:

Տիեզերքի պերճ հյուսվածքն եմ,
Իմ մեջ երկինքն է երգում,
Բռնկում է սիրո հրդեհն,
Վշտի հեղեղն աղմկում…

ՏԻԵԶԵՐԱԿԱՆ ԶԱՆԳ

… Եվ ես ապատում և անապատում
Լուռ թափառում եմ՝ հոգիս ծանրացած
Անլույծ խոհերով, վշտով անպատում
Եվ տենչանքներով տիեզերատարած:
Եվ հանկարծորեն՝ պարզ ու աննսեմ,
Ես իսկ զգում եմ, տեսնում եմ ահա –
Տիեզերքը ողջ – մի մեծ, անհուն զանգ,
Եվ հոգիս – նրա լեզվակը վսեմ:

Եվ հրաշքներով, վեհ լռության մեջ
Տիեզերքն անծիր՝ ղողանջում է խոր
Երգն անհունության, և հավերժության,
Եվ ճշմարտության, և գեղեցկության:
Եվ ղողանջում է տիեզերքն ամեն –
Եվ իմ հոգումն է, իմ ոգին է այն,
Որ ղողանջում է – ես մարգարե եմ

Եվ ահա այնտեղ ամբոխն է ծփում
Ծանր ու թանձր՝ օվկիանի նման.
Եվ զո՛րշ, հարթ է նա – զանգված մի հսկա:
Եվ հոգուս խորքից բարբառ եմ լսում –
Ղողանջը զանգի տիեզերական:
Եվ դեպի ամբոխն իջնում եմ ահա
Նո՛ր կտակներով, նո՛ր պատգամներով.
Դեպ նրա հոգին զահավիժում եմ՝
Նրան խայթելու, և քարոզելու,
Ե՛վ արտասվելու, և՛ այրըվելու…

***

Տարիներ հետո քեզ տեսա նորից,
Սիրտըս արտասվեց, բայց ժպտացի ես,
Նույն աղջիկն էիր՝ չքնաղ բոլորից,
Հոգուս մտերիմ, հարազատ այնպե՛ս:

Աչքերդ մեղմով հանգչեցին վերաս,
Ես հպարտ ու վես անցա քո մոտով.
Շուրջըս ծածանվեց լուսեղեն երազ.
Եվ ետ նայեցի անզուսպ կարոտով:

Սուտ է, նազելիս, չի զատել երբեք,
Երբեք չի զատել մեզ կյանքը դաժան.
Քո՛ւյր իմ, ամոքիր սիրտըս վշտաբեկ,
Տե՛ս, քոնն եմ ես միշտ, քո՛նն եմ հավիտյան:

***

Տաիներ հետո դարձա հայրենիք.
Աշուն էր անդորր՝ դեղին դաշտերում:
Սարերի գլխին նոր ձյուն էր իջել.
Արագիլները ճահիճների շուրջ
Հավաքվել էին չըվելու համար:
Գնում եմ մենակ մեր գյուղը խղճուկ.

Ահա մեր դռան բարդիները հին,
Լուռ օրորելով կատարները մերկ,
Հեռվից քայլ առ քայլ մոտենում են ինձ:
Մեր տունը, ավա՜ղ, ավեր է հիմա,
Ավեր-ավերակ ջրաղացը մեր,
Մի վայրկյանի մեջ տարերքը դաժան
Զարկել չի թողել քար-քարի վրա:

Նստում եմ տխուր մեր ավեր դռան
Այն սալաքարին, ուր նստում էին
Հայրըս ու մայրըս, մեղմ երեկոյին:
Նստել եմ մենակ, ես հիմա արդեն,
Մենակ եմ, — չկան սիրելիներս,
Եղբայրներ, քույրեր – բոլորը չըկան:
Նայում եմ մեր տան լուռ բեկորներին –
Անցել է անդարձ, ամեն ինչ անցել,
Եվ ես էլ հիմա – ծեր եմ արդեն ես:

***

Տիեզերքն այս անսահման
Իր ծանրությամբ ահագին
Կախված է սոսկ մի մազից, —
Եվ այդ մազն է իմ հոգին:

***

Տիեզերքի սահմաններից դուրս գայի,
Ժամանակից, օրենքներից բնության
Անջատվեի, հեռանայի, փախչեի:
Ուժի-նյութի, կյանքի-մահի հարցերից
Ազատվեի, ազատություն շնչեի…

***

Ցաված սիրտըս երգեր հյուսեց,
Երգեց անուշ ու տխուր,
Վիշտըս հալվեց, արցունք հոսեց,
Վճիտ, ինչպես ջինջ աղբյուր:

Հավքերի պես երգերս թռան,
Հովերի հետ գնացին,
Արցունքներըս ցողեր դառան,
Վարդի ծոցում շողացին:

Անցան օրեր – եկավ մահը,
Սառ հողի տակ քուն մտա.
Իմ արցունքով շաղաղ վարդը
Շվաք ձգեց իմ վրա:

Հովերն եկան, շիրմիս վրա
Տխուր երգեր երգեցին.—
Ա˜խ. Իմ անուշ, իմ վաղուցվա
Հյուսած երգերս երգեցին…

***

Ցերեկվա ոսկի լույսերը մեռան,
Ծածկել է թևը մթին լռության
Անտառ, լեռ ու ձոր:
Քնել են անդորր՝
Ուղիներ փոշոտ, կամուրջ սալհատակ՝
Անդուլ ծեծկըված կուռ ոտների տակ:

Սակայն մի հառաչ խորունկ, սրտագին՝
Լսում եմ անքուն այս խուլ գիշերին
Հեռու մի տեղից.
— Քո խոցված կրծքից,
Իմ ո՛ւր հայրենիք՝ անարատ զոհի,
Վեհ գաղափարի, պայքարի, մահի, —
Խոսում ես հավե՛տ
Խոցված սրտիս հետ…

***

Ո՞ւր եք կորեր, գարնան օրե՛ր,
Էն զով սարի հովն ո՞ւր է,
Կանչեմ, արի՛ք, նխշուն հավքե՛ր,
Ալ-շրթունքով վարդն ո՞ւր է:

Էս քարափեն աղբյուր -կուգար,
Կաքավն էստեղ երգ կասեր.
Խոր ծմակեն մարալն կուգար,
— Սիրտս ուրախ կզարներ:

Հիմի ցուրտ է, ձյունն է եկեր,
Չորս դին ձմեռ ու սառույց.
Ա՜խ, է՛լ չկան արև—օրեր,
Սիրտս էլ սառեր է վաղո՜ւց...

***

Ուրտեղ սիրուն կին կտեսնեմ,
կնորանան դարդերըս.
Ու երբ անուշ երգ կլսեմ,
կըխորանան դարդերըս.
Սահման չունին, դարման չունին,
դադար չունին, չունին վերջ,
Ա՜խ, ծովեն՝ խոր, սարեն՝ ծանըր,
իմ դարդե՜րըս, դարդե՜րըս...

Զառ հույսերով, անմահ սիրով
ես քեզ խորունկ սիրեցի.
Աստղ ու երկինք – սերս ու սիրտըս,
ոտներիդ տակ փըռեցի.
Սեր չըտվիր, ու աշխարհեն
սիրտըս կըտրավ, Շուշա՛ն ջա՛ն,
Ա՜խ, զմրուխտե, ա՜խ, զմրուխտե
իմ հույսե՜րըս, իմ սերըս...

Կարոտ կեցա կնոջ սիրուն –
սրտի ոսկի արևին,
Պապակ կեցա մութ սարերին,
բաշը փըրփուր նըժույգին.
Կյանքըս անցավ թևերը թափ,
սիրտը կոտրած սազի պես,
Ա՜խ, մահվան պես, սև մահվան պես,
իմ դարդե՜րըս, դարդերըս…

***

Ո՞ւմ սիրտն է հեծում մըռայլ գիշերին
Ջըմռան հողմերից ծեծվա՛ծ, տառապա՛ծ. –
Այս գայլն է թըշվառ՝ լեռան լանջերին
Դառն հեծեծում ցըրտահա՜ր, քաղցա՜ծ…

Մենավո՛ր, խըղճո՛ւկ, դու վիրավոր սի՛րտ,
Ես է՛լ քեզ նման մենակ եմ ու խեղճ,
Մարդն էլ քեզ պես է, ո՛վ խոշտանգած սի՛րտ,
Այս ցավի, մահի և աշխարհի մեջ:

Այս ցավի, մահի դաժան աշխարհում
Մեր բախտը մեկ է՝ անհույս ու թըշվառ,
Իմ սիրտն էլ քեզ հետ կյանքն է անիծում,
Արի՛, լանք մեկտեղ, իմ խե՛ղճ գայլ-եղբայր…

***

Ո՞ւմ հետ եմ անհույս
Լալիս, հառաչում,
Ո՞ւմ ճակատի վրա
Իմ ձեռքն է հանգչում:

Աշխարհին՝ հավիտյան
Մահվան բերանում,
Եվ մահը նրան
Ծամում է ծամում:

Լալիս է աշխարհին
Իմ սիրող գրկում.
Համայն աշխարհի
Բախտն եմ ես սգում…

***

Ուրիշների ջրերն ընկած՝ գնացի,
Հրամաններ կատարելով գնացի,
Շատ ջանացի, որ սրտիս հետ ընթանամ,
Աշխարհի հետ թավալգլոր գնացի…

***

Փշե-պսակը ճակտիս կրդնեմ
Ու ջինջ սրտով ամբոխի մեջ,
Ու վեհ մտքերով նրա վրեն
Կըթափառեմ ոլո՜ր-մոլո՜ր
Երկրի բոլոր ոլորտում…

— Եվ ի՞նչն է իմ նպատակը, —
Աստղոտ, վսեմ ապագան,
Որ վառ, պայծառ կըշողա
Ղտոր կյանքի ափերից
Խորին, կապույտ հեռվում…

***

Քնքո՛ւշ հովիկ, իմ նազելուց
Քաղցր բուրմունք հետըդ բե՛ր,
Վիշտս ու ցավըս շո՛ւտ փարատի՛ր,
Սիրո բարև հետըդ բեր:
— Շո՛ւտ, մատովակ, ոսկի թասով,
Վարդի գույնով գինի բեր:

Անուշ խոսքեր սիրուս սրտի
Պարտեզներից քաղի՛ր, բե՛ր.
Ջերմ համբույրի, ծով-կարոտի
Ծաղիկ-ծաղկունք հետըդ բե՛ր:
— Շո՛ւտ, մատովակ, ոսկի թասով,
Նռան փայլով գինի՛ բեր…

***

— Քընքուշ լուսնի շուշան-փոշին
Մաղեց հեզ գետի վըրա.
Մեղմիկ խըշշաց ցորեն, ցողուն,
— Սիրտըս անդո՜րր կըծըփա:

Ուռիները նազա՜ն-ծածա՜ն,
Տերևները կըշնչեն,
Ծիտ ու ծիծեռ ճուղքի վըրան
Վառ երազում կըննջեն…
Լուռ կըծորե աստղը շողե՜ր
Ու ծըղրիդը կըծըղրա.
Քամին կերգե գաղտնի երգե՜ր, —
— Միտքըս հեռու՜ւ կըսըլանա…

Լուսնակն անցավ, — մութը մըթին
Մաղեց հեզ գետի վըրա…
Ծանըր խըշշաց լացող ուռին,
— Սիրտըս տըխո՜ւր կըհևա…

***

Քեզ չըտեսնել՝ ուխտել էի,
Բայց, ա՜խ,նորից հանդիպա.
— Քուրի՛կ, վերքըս լավ է հիմի,
Մի սև սպի տեղը կա,
Էն սև սպին սև ամպի պես
Մնցուց դեմքը արևի.

Ու ման կուգամ սև շուքի պես
Սարե՜ր, ձորե՜ր ամայի…

* * *

Քաղած վարդը թփինետ չի գա նորից.
Ետ չի գա հավետ ժամն անցած օրից:

Անցած կյանքդ հիմա երազ է, մշուշ,
Վիշտն ու սերդ անուշ՝ հուշեր են քնքուշ:

Սիրտըդ մաքուր պահիր ու բարի արա,
Որ ամպ չընստի հուշերիդ վրա:

Մի՛ վռազիր… մահին կհասնիս վաղ—ուշ,
Չեղածի պես կանցնին և՛ երազ, և՛ հուշ…

* * *

Քո՛ւյր իմ նազելի, նայիր քո դիմաց՝
Վիրավոր, ավեր սիրտս եմ բացել.
Ա՜խ, ըղվիրական ինձ քո գիրկը բաց
Եվ գուրգուրիր ինձ, ես շա՜տ եմ լացել…

Քնքուշ ձեռներով աչերըս սըրբիր,
Մի՛ թող ինձ լալու – ես շա՜տ եմ լացել,
Ճակտիս մռայլ՝ մշուշը ցըրիր,
Եվ գուրգուրիր ինձ, ես շա՜տ եմ լացել…

* * *

Քնքո՛ւշ տատրակս, դու անձանոթի,
Դու օտարի պես մոտովս անցար:
Ա՜խ, ի՜նչ եղավ քեզ, որ հուր կարոտի
Արցունքներդ ա՛յսպես շուտով մոռացար:

Գնա՛, մոռացի՛ր, և՛ բախտը քեզ հետ,
Հյուսի՛ր քո բույնը՝ ում հետ որ կուզես.
Թռի՛ր ու գնա, և մի՛ նայիր ետ,
Թող տունս մնա թափուր՝ սրտիս պես:

Թո՛ղ օջախիս մեջ կրակ չհուրիրա,
Մարած սրտիս մեջ թող ոռնա քամին.
Թո՛ղ վայե քամին չոր գլխիս վրա, —
Ես չեմ հավատում կնոջ երդումին…

ՔԱՋԵՐԻՆ

Մռավ սարերից սավառնեց քամին,
Դրոշակը մեր հպարտ ծրփծրփաց.
Տեսե՛ք, դաշտերից կուզա թշնամին, —
Սրբազան կռվի կոչը որոտաց:
Է՜յ, հա՛յ ախպերտիք, եղջույր հնչեցե՛ք,
Իջե՛ք ժայռերից, անհաղթ արծիվներ.
Սարերից պոռթկած հուր ու ջրի պես
Թափվեցե՛ք ստոր դուշմանի գլխով. –
Նա՛ – մեր դրացին, և նամարդ, և չա՛ր,
Գիշերը գողտուկ ելավ մեզ վրա
Ու մեր թիկունքից՝ ծածո՛ւկ գաղտնաբա՛ր
Սողաց օձի պես, ելավ մեզ վրա.
Ջարդեցե՛ք,ջնջխե՛ք, էղ նամարդ օձին,
Որին մենք, ավա՜ղ, հազար տարինե՜ր –
Տաքացրեցինք մեր ազնիվ ծոցին
Հազար տարինե՜ր, հազար տարինե՜ր:
Նա մեր արյունը խմեց ու ծծեց,
Բայց համբերեցինք ուղի՛ղ սրբի պես
Մենք խրատեցինք, իսկ նա մեզ ծեծեց,
Բայց համբուրեցինք նրան ախպոր պես…
Ջա՛ն, ազիզ Արա՛զ, ինչպե՞ս դու հիմա
Մեր վառ արյունով կարմիր ես կապե.
Մեզ ի՛նչ – ամոթից թո՛ղ նա սևանա,
Ո՛վ ճառել գիտե, կռվել չգիտե:
Վա՛ռ, կարմի՛ր հագիր, դո՛ւ հայ-ժողովուրդ,
Եվ սուրդ շարժե՛, քեզ ճանապարհ բաց.

Այս աշխարհի մեջ սուրն է միշտ կտրող –
Կտրի՛ր ու տիրի՛ր – անհա՛ղթ, հզո՛ր կաց:
Եվ ոտքդ ամո՛ւր դու խփի՛ր երկրին,
Հողիդ ու տանդ տերը դուն եղի՛ր,
Է՞յ, դո՛ւ արևի ճամփորդ վաղեմի,
Սրով, զոտեպինդ և առաջ քայլի՛ր.
Անհողդոտ գնա՛ դեպի լույսն – արև,
Եվ ազգերն ամեն, հարգանքի նշան,
Հետ—հետ գնալով և տալով բարև
Ազա՛տ, անարգե՛լ քեզ ճամփա կտան...

***

Քո ունքերդ, իմ սիրեկան,
Կեռ են դաhճի սրի նման:

Աշխարհը՝ սուտ երազ ու սին,
Թող որ խմեմ, իմ սիրեկան,
Շրթունքներիդ կարմիր գինին, —
Գլուխս զարկ դաhճի նման...

Քո ունքերդ, իմ սիրեկան,
Կեռ են դաճի թրի նման:

***

Քո կարոտած հայրենիքի
Սոսեննու պես՝ ալացիկ.
Մազեր ունիս ոսկի հասկի,
Ու աչերդ մեղեսիկ:

Դու կրսիրես մարգարիտներ,
Եվ աղամանդը կատես.
Պարանոցիդ ինչ է վայել,
Թեն մանուկ, լավ գիտես...

Երբ շրթունքով երազաբույր

Մեղմ կիպվիս շրթունքիս,
Ա՜խ, ասես թե՝ մի կոշտ ու կուռ
Ձեռքդ կդիպչի բաց վերքիս:

Ու մի թախիծ խոժոռադեմ
Ինձ կպատե սև ու մութ. –
Ես հոգնած եմ, ես հիվանդ եմ,
Դու՝ ոսկեղեն մի արտույտ...

***

Քայլում եմ մենակ անտառի խորքում,
Դեղին տերևը թափվում է վերաս.
Ո՛չ վիշտ եմ ազում, ո՛չ սեր եմ երգում, —
Իմ հոգում չըկա ո՛չ աստղ, ո՛չ երազ:
Եվ մըխրճվում եմ անտառում խավար,
Չեմ տենչում գտնել դարձի արահետ.
Տերևների պես ծեծվա՜ծ, հողմավա՜ր,
Գնում եմ կորչիմ տերևների հետ...

Եվ մահվան հանդեպ կանգնել եմ ահա՛,
Ձեռքով եմ անում, կանչում եմ՝ թո՛ղ գա...

***

Օխտը սարով հեռո՜ւ քեզնից,
Քու շըվաքով ապրում եմ, յա՛ր.
Օխտը տարով բաժան քեզնից,
Քու կարոտով էրվում եմ, յա՛ր.
Դարդիս դարման, յարիս մահլամ,
Կյանք ու արև յարըս ո՞ւր է:
Գիշեր-ցերեկ զրկված քընից՝
Ծով է կըտրում աչքըս ճամփին,
Բալի դարիբ մի ճամփորդից
Կարոտ յարիս խաբարն առնիմ.
Դարդիս դարման, յարիս մահլամ,
Թագ ու պսակ յարըս ո՞ւր է:

Օխտը տարի ծում ու պասով,
Օր ու արև սնցուցի, յար.
Բալի Մըշու Սուլթան զորքով՝
Իմ մուրազս տար ինձի, յար:
Դարդիս դարման, յարիս մահլամ,
Թև ու թիկունք յարըս ո՞ւր է…

***

Օրըս տըրտում, սև է անցնում,
հույսս է վաղվան օրվան վըրա.
Վաղվան օրն էլ սև-ամպի պես
եկավ, նստավ սըրտիս վըրա.
Հիմա դարձել, ափսո՜ս կասեմ.
անցած օրին երնեկ կուտամ.
Ափսո՜ս կասեմ դալար կյանքիս,
որ շուտ ընկավ չարքաշ ճամփա:

Ու օրերիս քարավանը
Տըխուր-տըտում առաջ կերթա.
Հազար ցավով, մարդկանց ցավով
ծանըր բեռնած ճամփա կ՚երթա.
Ա՜խ, օրերիս քարավանը
աչքը՝ կարոտ, սիրտը՝ կարոտ.
Ու աշխարհիս ցավով բեռնած
էս աշխարհով կ՚անցնի, կ՚երթա.

Ու մի օր էլ չոր չոլի մեջ
քարավանս կի՛ջնի դադրած,
Վար կըդնե մեջքի բեռը
—Կյա՛նքս, կյա՛նքս մոխիր դառած.
Ա՜խ, օրերիս քարավանը
աչքը՝ փափագ, սիրտը՝ պապակ,
Փուչ աշխարհիս ցավով բեռնած
էս աշխարհով կ՚անցնի կ՚երթա.

Քարավանըս երբ որ իջնի,
ես ինձ ու ինձ հաշիվ կանեմ,

Թե ո՞ւր հասա, թե ի՞նչ տեսա,
ինչո՞ւ եկա էս մեծ ճամփեն.
Շա՜տ դադրեցա, շա՜տ չարչարվա,
հաշիվ անեմ, շահըս ինչ էր.
Ախըր ինչո՞ւ ոտ դըրեցի
էս սուր ու փուշ, դժվար ճամփեն:

Ծովըն ընկած մարդու նըման
նամարդ օձից կախ ենք ընկել. –
Նամարդ օձը էս աշխարհն է,
— ու աշխարհին աչք ենք գըցել.
Ա՜խ, աշխարհից մի հույս չըկա.
Ճիճուների ենք կերակուր.
Մի բուռ հողն է բաժինը մեր՝
թե տեր դառնանք աշխարհին
Ա՜խ, մերիկնե՜ր, հող պիտ դառնաք,
Ինչքա՞ն սըրտեր հող են դարձեր,
Ազիզ սըրտեր, խորունկ սըրտեր
Սիրով վառվեր, հող են դարձեր.
Ձեր բալեքը, ընկերներըս,
Մեր սըրտերեն ելան, թըռան.
Ա՜խ, ամենքն էլ էս աշխարհի
Անգութ կամքով հող են դարձեր…

Էս աշխարհը արունքոտեր է,
ո՛չ գութ ունի, ո՛չ խիղճ ունի,
է՜հ, աշխարհն էլ ցավող չունի,
մահացու է ու վերջ ունի.
Ու մեզի պես հողեղեն է,
ու մեզի պես մահկանացու.
Մեր գերեզմանն ինքն է հիմի,
ու գերեզման ինքն էլ ունի:

Հազար ափսո՜ս ծաղկունանցը,
նազուկ լուսնին, — պիտի թոռմին.
Մով ծովերը, մով սարերը
սև ծըխի պես պիտի անցնի՜ն.
Վառ արևը պիտի մարի,
զառ աստղերուն հազա՜ր ափսոս.
Հըրեղեն ձին, բլբո՛ւլ, մարա՛լ,
հե՜յվախ, մեռնի՜ն, անցնի՜ն:

Թե աշխարհը, ամեն մարդ
ծընավ – եկավ, մեռնի – կ՛երթա.
Թե անցորդ ենք, չարքաշ ճամփորդ,
երերմընի, փըշի վրա,
Ո՞ւմ հարցընենք՝ մեզի ասե,
— Էս երա՞զ է, թե արթուն բան,
Որ մենք եկանք, հիմի կ՛երթանք.
— Խաբա՛ր չըկա, խաբա՛ր չըկա:

Է՜յ անցավոր, ցավի աշխարհ,
ցավըդ բարձած մեկ-մեկ կերթանք.
Ինչո՞ւ եկանք, ինչո՞ւ կերթանք.
մեզ հարցըրեք, մենք խաբար տանք.
Ցավերու տակ մեռա՜նք, մեռա՜նք.
երնե՜կ էնոր, որ չի զգա.
Հազար ափսո՜ս, որ ծընվել ենք,
չըծնվածին երնե՜կ կուտանք:

Ա՜խ, խոր կըզզամ, որ աշխարհում
մարդն է մենակ, որ դարդ ունի
Մարդու վերքը, մարդու ցավը
ո՛չ տակ ունի, ո՛չ չափ ունի.
Է՜յ անցավոր, անսիրտ աշխարհ,
քեզի հազար երնե՜կ կուտանք,
Որ չես զգա քու մեծ վերքը,
որ տակ չունի, որ չափ չունի:

Մեր խեղճ երգն է մենակ ճարը
անմըխիթար սըրտի համար.
Մեր խեղճ երգն է քու մեծ վերքի
խոր մըրմուռը, ունայն աշխա րհ.
Երազի պես եկա՜նք-կերթանք,
երազի պես դուն էլ կ՛երթաս,
Մարդուս կյանքն էլ ցավիդ երգն է,
մարդըս երգ է, երա՛զ-աշխարհ…

***

Օտա՜ր, ամայի՜ ճամփեքի վըրա
Իմ քարավանըս մեղմ կըղողանջե.

Կանգնի՛ր, քարավանս, ինձի կըթվա,
Թե հայրենիքես ինձ մարդ կըկանչե:

Բայց լուռ է շուրջըս ու շըշուկ չըկա
Արևավա՛ռ, անդո՛րր այս անապատում.
Ա՜խ, հայրենիքըս ինձ խորթ է հիմա,
Ու քնքուշ սերըս ուրիշի գրկում:

Կընոջ համբույրին է՛լ չեմ հավատա,
Շուտ կըմոռանա նա վառ արցունքներ.
Շարժվի՛ր, քարավանս, ինձ ո՞վ ձայն կըտա,
Գիտցի՛ր, լուսնի տակ չըկա ուխտ և սեր:

Գընա՛, քարավանս, ինձ հետդ քաշ տուր
Օտար, ամայի ճամփեքի վրա.
Ուրտեղ կիոգնիս՝ գըլուխըս վար դիր
Ժեռ-քարերի մեջ, փըշերի վրա...

***

Օրերն հալվում են օրերի նման,
Եվ ամեն վայրկյան մեռնում է ներկան.
Ապրած օրերըս – սուզվող քարավան
Անհունության մեջ հավիտենական:

Ոսկի մանկության ոսկի հեքիաթով
Մի վառ աշխարհի կար՝ շքե՜ղ, դյութակա՜ն,
Մարեց, չքացավ երազն հոգեթով
Ոչնչության մեջ հավիտենական:

Արնն հոգուս մեջ՝ մի բուռըն աճյուն
Եվ լալով կյանքը՝ չընչին և ունայն,
Գնում եմ ահա սրտաբեկ հանգչում
Փոշիների մեջ հավիտենական...

***

Օտար աշխարհում ստրուկ ու գերի
Թառամեց, անցավ իմ կյանքը մատաղ:
Ա՜խ, ո՛չ մայր տեսա, ո՛չ սեր ընկերի,
Սրտիս մեջ՝ արցունք, աչքիս՝ սուտ ծիծաղ:

Կռո՛ւնկ ջան, կռո՛ւնկ, թռցրու ինձ քեզ հետ,
Տա՛ր իմ հայրենի երկիրն հեռավոր,
Մեր արնի տակ, ա՜խ, գոնե մեկ օր
Շունչ առնեմ ազատ, մեռնեմ բախտավոր:

www.ingramcontent.com/pod-product-compliance
Lightning Source LLC
Chambersburg PA
CBHW010401310726
48979CB00017B/2803/J

* 9 7 8 1 6 4 4 3 9 7 5 4 1 *